Beryl Brighton

Der Lord und die Apothekerstochter

berylbrighton.de

Instagram: berylbrightonauthor

Der Lord und die Apothekerstochter

historischer Liebesroman

von

Beryl Brighton

Impressum:
Beryl Brighton
c/o WirFinden.Es
Naß und Hellie GbR
Kirchgasse 19
65817 Eppstein

Lektorat &Korrektorat:
S. Eichholz

Cover Design:
Oliviaprodesign

Bildmaterial Cover:
© periodimages.com
© TheBlackLodge13

Kapitel 1

„Ich freue mich wirklich, dass ich Sie gefunden habe. Ich habe lange nach einer Pflegerin gesucht“, flötete Gracie Bradford, während sie vor Eloise Padgett vorwegging. Eloise betrachtete ihre Umgebung möglichst unauffällig. Sie wollte nicht, dass der Eindruck entstand, dass sie sich von den Reichtümern der Familie Bradford beeindrucken ließ. Aber natürlich tat sie das.

Wer wäre nicht von dem roten Teppich, der über die Gänge führte, und den vielen Gemälden und Alabaster Statuen begeistert gewesen.

Aber sie war nicht als Bewohner und auch nicht als Gast hier. Sondern als Angestellte, was sicher jeder sofort an ihrem dunkelgrauen Kleid bemerkte. Es war schlicht und einfach. Sie wollte keine Aufmerksamkeit auf sich ziehen. Sie war lediglich der gute Geist, der im Hintergrund wirkte. Genauso wie es ihre Mutter getan hatte, bis sie Eloises Vater kennengelernt hatte.

„Das hier sind die Räume des Lords. Sie müssen sich keine Sorgen machen, Christian ist ein sehr umgänglicher Mensch. Selbst wenn er wieder einen seiner - Zustände hat."

Gracie Bradford sah seufzend zu Boden. Ihre großen braunen Augen bekamen einen traurigen Ausdruck. „Er will nicht, dass ich mir Sorgen mache. Was ich natürlich tue. Ich habe versucht, mich auch selbst um ihn zu kümmern, aber - sehen Sie, es ist wohl besser, ich gebe es in die Hände von jemand wie Ihnen."

Eloise horchte auf. „Zustände? Was hat denn Ihr Vater?"

Miss Bradford sah sie verwundert an. „Oh, dachten Sie, ich rede über meinen Vater?"

Eloise war bei dem Brief, den sie bekommen hatte, davon ausgegangen. Sie nickte. „Sie müssen entschuldigen, aber ich dachte, bei Lord of Waldridge handle es sich um einen älteren Herrn."

Sonst hätte sie die Stelle gewiss nicht angenommen.

„Nein." Gracie Bradford lachte. „Nein, da haben Sie etwas falsch verstanden. Es geht um meinen Bruder Christian. Unsere Eltern leben schon lange nicht mehr. Sie dachten das sicher, weil ich so viel darüber schrieb, wie gut er sich immer um mich gekümmert hat."

Wieder nickte Eloise. Vielleicht war es eine dumme Idee, auch Gesuche für männliche Kranke anzunehmen. Sie hätte bei Ladys bleiben sollen, ging es ihr durch den Kopf. Sie hatte schon öfter gehört, dass manche männliche Kranke mehr Interesse an ihrer Pflegerin entwickelten, als es ihnen Zustand oder auch die Sitte erlaubte.

Eloise schluckte.

Es wäre unverschämt, nun abzulehnen. Vor allem, da sie von Miss Bradford bereits das Fahrgeld genommen hatte. Sie würde dem zu Pflegenden zumindest eine Chance geben. Ihr Vater würde sonst nur erneut den

Kopf über sie schütteln und wieder einmal endlos darüber reden, warum sie ausgerechnet dieser Tätigkeit nachgehen müsste. Aber sie musste. Nicht ihrer Versorgung oder des Geldes wegen. Sie musste einfach.

„Und was hat Ihr Bruder?"

Ein Schatten legte sich über das Gesicht der Miss.

„Das weiß so genau leider niemand. Doktor Blake - das ist sein Arzt - meinte, es könnte etwas noch Unbekanntes sein. Er bekommt immer wieder solche Magenkrämpfe. Eine Zeit geht es meist gut, und wir haben schon oft gehofft, aber …"

Sie brach wieder ab und sah zu Boden. „Sehen Sie, ich will einfach nur, dass er die Hilfe bekommt, die ihm seinen Zustand erleichtert."

Eloise legte ihre Hände ineinander. „Natürlich, das ist vollkommen verständlich. Es zeigt doch nur, dass Sie ihm eine gute Schwester sein wollen."

Ihre Worte ließen das Gesicht von Miss Bradford wieder aufleuchten. „Ja, ich versuche immer, ihm ein wenig zurückzugeben von dem, was er für mich getan hat."

Genauso wie sie selbst, huschte es durch Eloises Gedanken.

Konzentration.

Es ging hier nicht um sie.

„Wollen wir dann zu ihm gehen? Gerade als ich nach ihm sah, war er noch am Schlafen. Er hatte gestern erst wieder so einen schrecklichen Anfall. Er wird sicher noch erschöpft sein. Es wird mir das Herz leichter machen, wenn ich weiß, dass jemand bei ihm ist, während ich mich um andere wichtige Dinge des Hauses kümmere."

„Gewiss. Ich werde ihn nicht wecken."

Gracie Bradford nickte, dass ihre dunklen Locken auch vor und zurück schwangen.

Sie legte ihre Hand auf die Türklinke und drückte sie leise herunter.

Eloise folgte ihr.

Die Vorhänge waren zugezogen und die Luft im Raum war stickig. Zur Linken stand ein großes Himmelbett, dessen Vorhänge an den Pfosten festgebunden waren, dass man in das Bett hineinsehen konnte.

Dennoch konnte sie nur wenig von Lord Christian sehen, außer einigen dunklen Haaren, die sich gegen das Kissen abzeichneten.

Seine Schwester schlich sich auf Zehenspitzen näher an ihn heran. Dann winkte sie Eloise. Der Lord schien immer noch zu schlafen. Eloise sah sich weiter im Zimmer um. Neben dem Bett entdeckte sie ein Tischchen, auf dem sich allerlei Arzneifläschchen befanden. Zu gern hätte sie einmal einen Blick darauf geworfen, um zu sehen, was Doktor Blake dem Lord verordnet hatte. Aber sie gebot ihrer Neugier Einhalt.

„Er schläft noch. Es ist schade. Ich hätte Sie gern meinem Bruder vorgestellt, aber ich muss nach unten. Ich habe einige in der Tat dringende Korrespondenzen zu verfassen."

Eloise nickte. „Machen Sie sich keine Sorgen, Miss. Ich werde mich seiner Lordschaft vorstellen, sobald er erwacht."

Gracie Bradford stieß ein Seufzen aus, als wenn ihr eine schwere Last von den Schultern genommen worden war.

„Ich kann Sie allein lassen? Werden Sie klarkommen?" Sie legte ihre Hand auf Eloises Oberarm.

„Ich versichere Ihnen, Ihr Bruder ist nicht mein erster Schützling. Und wenn nicht, kann ich sicher nach jemand läuten, oder?“

Ein Lächeln zeigte sich auf dem Gesicht von Miss Bradford. „Ja, das können Sie natürlich. Auch wenn es irgendetwas gibt, was Sie brauchen. Zögern Sie bitte nicht. Auch falls es meinem Bruder …“ Sie redete nicht weiter.

Eloise legte ihre Hand auf die der jungen Miss. „Machen Sie sich keine Sorgen. Gewiss geht es Ihrem Bruder bald besser.“

Die Miss warf noch einen besorgten Blick auf ihren schlafenden Bruder, ehe sie nickte und das Zimmer verließ.

Eloise war allein.

~~~

Christian Bradford, Lord of Waldridge, erwachte aus einem tiefen und schweren Schlaf. Er fühlte sich matt. Ihn fröstelte. Er versuchte, sich in seinem Bett enger zusammenzurollen. Aber es war dieses Mal nicht diese seltsame Kälte in ihm, sondern ein kühler Wind, der über seinen Nacken strich. Mühsam raffte er sich auf und drehte sich auf seine andere Seite. Sonne fiel in das Zimmer, und die Gardinen bewegten sich im Wind. Sie blähten sich auf und flatterten dann in der Luft wie die Schwinge eines Schmetterlings.

Erst später fiel ihm auf, dass an der Seite des geöffneten Fensters eine Frau stand. Er dachte, es sei Gracie. Aber sie würde nie so ein dunkles Kleid tragen, außer – es stände schon wirklich schlecht um ihn.
~~~

Aber nein, so schlecht kam es ihm nicht vor. Jedenfalls nicht schlechter als sonst.

Christian betrachtete die Frau weiter. Ihre dunklen Haare waren mit einer Holzspange in einem Knoten zusammengehalten. Es war eine recht schmucklose Spange. Ein gebogenes Stück Holz, durch das man ein nadelähnliches anderes Holz steckte.

Die Frau sah nicht zu ihm, dass ihr Alter schwer zu schätzen war, aber er vermutete, dass sie mindestens um die Ende vierzig war, wenn nicht noch älter.

Erst jetzt kam ihm die Frage in den Sinn, was sie in seinen Gemächern machte. Aber es war ihm egal. Hauptsache, sie hörte bald auf zu lüften.

„Machen Sie das Fenster zu. Es ist kalt."

Sie sah kurz über ihre Schulter zu ihm herüber und - zu seiner großen Erleichterung - schloss sie das Fenster.

„Entschuldigen Sie, Mylord."

„Vergeben", brummte er, obwohl er sich vom vergangenen Abend noch schwach fühlte, reizte es ihn, zu wissen, ob sein Gegenüber Humor besaß. Ihrer Kleidung nach zu urteilen, nicht. „Aber nur, weil ich gute Laune habe."

Sie lächelte und kam zu ihm herüber. „Dann ist es ja genau der richtige Moment, um mich vorzustellen. Mein Name ist Eloise Padgett, Mylord."

„Freut mich, Miss Padgett. Mein Name ist Christian Bradford, aber ich vermute, das wissen Sie schon, wenn Sie in meinem Schlafgemach stehen."

„Ja, Mylord. Das ist mir bekannt." Sie sah sich suchend um, wie er vermutete, nach einer Sitzgelegenheit.

„Nehmen Sie dahinten den Stuhl oder machen Sie es wie Doktor Blake. Er setzt sich immer hier auf das Bett.

Er ist zu bequem, den Stuhl durch das halbe Zimmer zu tragen."

„Ich werde trotzdem …" Sie wollte den Stuhl holen gehen, aber wenn Christian Besuch einer Miss hatte, warum sollte er ihn nicht genießen.

„Setzen Sie sich."

Er setzte sich etwas ungalanter auf, als er gehofft hatte, und zog die Decke zur Seite, um ihr Platz an der Bettkante zu machen.

Sie stand zögerlich da, sah noch einmal auf den Stuhl, kam dann aber seiner Bitte nach. Es schien einer seiner Glückstage zu werden.

„Bevor Sie sich setzen, würden Sie mir kurz mit den Kissen in meinem Rücken helfen?"

Das Herumgekämpfe mit den Kissen kostete ihn Kraft, und er wusste, an den Tagen nach einem Anfall musste er sparsam damit umgehen, nahezu geizig.

„Natürlich, Mylord."

Geschwind machte sie sich an die Arbeit und zu seiner freudigen Überraschung auch noch recht gut.

„Ich danke Ihnen, Miss Padgett." Er sah zu ihr, sie lehnte sich immer noch zu ihm, um noch einmal an einem der Kissen zu zupfen, dass ihre Gesichter dicht voreinander waren. Diese Frau war keine vierzig. „Sie sind doch keinen Tag älter als einundzwanzig", entfuhr es ihm, obwohl er wusste, dass man eine Dame nicht nach ihrem Alter fragte.

„Ich bin bereits zweiundzwanzig, Mylord."

Gern hätte er gefragt, was sie dann in einem Aufzug machte, der sie gut zwanzig Jahre älter erscheinen ließ. Aber sie sollte ihn nicht für unhöflich halten.

„Und was machen Sie hier in meinen Gemächern?"

„Ihre Schwester hat mich ins Haus geholt, um Ihre Wünsche zu erfüllen."

Er musste schmunzeln, obwohl er wusste, dass es falsch war. „Meine Schwester stellt eine junge Miss an, um mir meine Wünsche zu erfüllen? Jetzt wird es interessant."

„Mylord, das klingt nun aber ziemlich zweideutig."

„Sollte es auch."

Eine ihrer Augenbrauen schnellte in die Höhe.

„Sehen Sie mich nicht so an, als wenn Sie gleich schreiend aus dem Zimmer rennen müssten."

„An schreiend habe ich nicht gedacht, mit dem Rest könnten Sie recht haben."

Ein müdes Lächeln zeigte sich auf seinen Lippen. „Ich mag Leute, die mir recht geben. Aber nur die, die es tun, weil ich auch wirklich recht habe. Nicht, dass sie jetzt auch noch meinen, mir würden Speichellecker gefallen."

„Dann sollten wir gut miteinander auskommen. Ich habe nicht vor, Ihnen falsch zu schmeicheln."

„Und sparen Sie sich auch unnötiges Mitleid. Damit werde ich auch schon von Doktor Blake versorgt. Er ächzt und stöhnt immer, wenn er hier ist, dass man meinen könnte, sein Zustand wäre weitaus besorgniserregender als meiner."

Sie schien amüsiert. Immerhin, das schaffte er noch.

„Ist der Doktor denn so alt?"

Christian schnaubte. „Fünf Jahre älter als ich."

Nun lachte sie wirklich, sah aber zur Seite, als wenn es ihr peinlich war.

Ihr schien eine gewisse jugendhafte Unbekümmertheit zu fehlen. „Also, mit welchem meiner Wünsche kann ich Sie glücklich machen?"

„Was immer Ihnen die Genesung erleichtert. Ich bin eine Krankenpflegerin."

Er verzog das Gesicht, dass sie ihn besorgt ansah. „Meine Güte, meine Schwester macht sich zu viel Sorgen. Ich komme klar."

„Oh, hervorragend. Dann habe ich ja wenig Arbeit."

Hm, sie konnte also auch ironisch sein. Das gefiel ihm. Und sie war mutig genug, es ihm so direkt ins Gesicht zu sagen. Entweder legte sie keinen großen Wert auf diese Stelle, oder sie behandelte ihn nicht wie den Lord of Waldridge, sondern - wie einen Menschen. Vermutlich wäre sie zu ihrem eigenen Bruder ähnlich gewesen.

Das gefiel ihm noch besser. Jemand, der ihn normal behandelte.

Christian betrachtete sie und merkte, wie seine Zunge an seinem Gaumen klebte.

Er hatte Durst.

Schrecklichen Durst.

Er sah auf seinen Nachttisch, auf dem neuerdings immer eine Karaffe mit frischem Wasser stand und dazu Gläser, nicht nur eins. Fast, als wenn er eine Dinnerparty in seinem Schlafgemach geben wollte. Also eher eine Schlafgemachsparty.

Christian streckte seinen Arm aus. Aber er saß etwas zu weit weg. Er müsste noch ein wenig näher an die Kante.

„Kann ich Ihnen helfen, Mylord?"

Er sah zu ihr herüber. Ihm gefiel nicht, dass Gracie schon der Meinung war, dass er für sein alltägliches Leben solche Hilfe benötigte. Es gefiel ihm überhaupt nicht, denn über wen sagte es mehr aus: seine Schwester oder ihn?

Er seufzte und ließ sich zurück in die Kissen sinken. „Gut, könnten Sie mir ein Glas Wasser geben?"

Das konnte ja etwas werden, wenn er nun sein ganz persönliches Dienstmädchen hatte. Ein Gedanke, der ihm ein Seufzen abrang.

~~~

Das klare Wasser floss plätschernd in das Glas. Vorsichtig setzte Eloise den Stopfen mit einer geschliffenen Glaskugel wieder in den Flaschenhals und stellte sie zurück auf den Tisch.

„Bitte sehr, Mylord.“ Sie reichte ihm das Glas.

„Ich danke Ihnen, Miss Padgett. Nach diesen Anfällen - ich weiß auch nicht - ich habe danach immer das Gefühl, als wenn ich eine Pferdetränke leer saufen könnte.“

Sein Blick ging zu ihr hoch.

„Nun sehen Sie mich doch nicht schon wieder so an. In Ordnung, ich formuliere es Miss gerecht, ich könnte dann ein ganzes Fass genüsslich herunterschlürfen.“

Sie musste lachen. Diesem Mann schien es tatsächlich nicht gut zu gehen, aber sein Humor war brillant.

Er trank etwas aus dem Glas. „Verzeihen Sie meinen mangelnden Anstand. Es liegt gewiss an irgendetwas, dass mir Doktor Blake verordnet hat. Was genau, können Sie selbst entscheiden. Er schiebt das Nicht-Wirken seiner Sachen immer auf meinen Unwillen zur Genesung. Ich schiebe meinen mangelnden Anstand nun auf ihn. Ich denke, damit sind er und ich quitt.“

Eloise sah über die Ansammlung an Arzneifläschchen.

„Sie scheinen den Arzt nicht sonderlich zu mögen, oder?“
~~~

Es war nur eine Vermutung ihrerseits, durch die Art, wie er über ihn redete.

„Nein, ich kann von mir nicht behaupten, dass er mir sonderlich sympathisch ist. Dafür gefällt er meiner Schwester offensichtlich umso besser."

„Wie meinen Sie das?" Sie fragte es mehr in Gedanken, denn sie besah sich weiter die Aufschriften der Flaschen. Bei einem nach dem anderen hob sie die kleinen Zettelchen hoch, die um den Flaschenhals gebunden waren.

„Ich sehe ihre Blicke, wenn sie dabei ist, wenn Doktor Blake mir einen Besuch abstattet. Ich sehe die Besorgnis, aber auch wie sie ihn anhimmelt."

„Sie meinen, Ihre Schwester hat romantische Gefühle für Doktor Blake?" Eloise sah kurz auf.

„Romantische Gefühle? Ja, wenn Sie so wollen. Aber bitte, laufen Sie nicht gleich zu meiner Schwester und reden mit ihr über meinen Eindruck."

„Ich bin grundsätzlich verschwiegen. Alles bleibt zwischen mir und meinem Schützling. Außer es sollte etwas nicht mehr Vertretbares sein."

Christian Bradford sah zu ihr herüber. Dabei konnte sie die dunklen Ringe unter seinen Augen noch deutlicher sehen. Es schimmerte gut sichtbar unter der blassen Haut hervor. Und sie fragte sich, was einen so jungen Mann wie ihn befallen haben könnte, dass ihre Hilfe notwendig war.

„Schützling." Er ließ ein mattes Lachen verlauten. „Und Sie halten solche Gedanken eines Bruders über seine Schwester also noch für vertretbar?"

„Das fällt eher unter Familiendinge, die mich nichts angehen. Anders wäre es, wenn Sie mir sagen würden, Ihre Schwester hätte die Bank von England ausgeraubt."

Er grinste. „Das war ich schon selbst."

Anhand seines Tonfalls wusste sie, dass er scherzte.

„Ist das ein Geständnis?"

„Was glauben Sie, wie die Bradfords zu diesem Besitz gekommen sind und wie wir die Arztkosten bezahlen?"

Sie stemmte eine Hand in die Seite und sah ihn mit hochgezogenen Augenbrauen an.

„Quatsch, der Besitz ist schon in der Familie seit meinen Vorfahren. Aber fragen Sie jetzt bitte nicht, wie diese darangekommen sind."

„Gut, ich verspreche nicht zu fragen."

„Wobei der Bankraub wäre vielleicht eine Idee. Immerhin, Doktor Blake will bezahlt werden. Hätten Sie vielleicht Lust, meine Komplizin zu werden?"

Sie schüttelte belustigt ihren Kopf. „Nein, Mylord, beim besten Willen nicht."

„Schade, dann wird wohl nichts draus. Allein macht sowas auch keinen Spaß." Er kniff die Augen leicht zusammen und schüttelte ernst den Kopf.

„Sie haben Humor, Mylord."

Nun wurde er wahrhaft ernst. „Nein, ich versuche zu überleben."

Sie fühlte bei seinen Worten ein bedrückendes Gefühl in ihrer Brust. Ein so junger Mann wie er - sie schätzte ihn auf vielleicht dreißig Jahre - sollte nicht über das Überleben reden, noch weniger über das Sterben.

„Ich verstehe, Mylord."

Christian Bradford sah sie lange an, ehe er den Rest aus seinem Glas trank und ihr hinhielt. „Kann ich noch ein Glas haben?"

„Natürlich. Sagen Sie, wie lange haben Sie schon das Problem mit Ihrem Magen?" Eloise nahm ihm das Glas aus der Hand und ging zu der Karaffe.

„Hat Ihnen meine Schwester schon alles erzählt und mir die Pointe gestohlen?"

„Nein, sie sagte nur, dass man nicht wisse, was es ist."

Sie befüllte das Glas erneut.

„Oh bitte, Miss Pagett. Nehmen Sie sich auch ein Glas. Sein Sie mein erster Gast."

„Gast?" Sie sah ihn verwundert an.

Er schnitt eine Grimasse. „Von meiner Schlafgemachsparty. Zumindest scheine ich eine geben zu wollen bei der Anzahl von Gläsern, finden Sie nicht?"

Sie nahm sein Angebot an und schüttete sich auch etwas in ihr Glas.

„Ich weiß nicht, es wäre sicher eine Party im intimeren Kreis." Wenn sie es richtig gezählt hatte, waren es acht oder zehn Gläser, alle fein säuberlich aufgereiht.

„Wissen Sie was, fangen wir einfach an mit der Party. Die anderen können ja noch zu uns stoßen." Er nahm das Glas in seine Hand und hob es in ihre Richtung. „Cheers, Miss Padgett."

„Auf Ihre Gesundheit, Mylord."

„Oh, etwas auf das ich nicht mehr wage zu trinken." Obwohl er das Glas an seinen Lippen hatte, schüttelte er den Kopf.

Eloise setzte sich wieder auf die Bettkante an seiner Seite.

„Jetzt, wo wir hier schon so nett zusammen feiern und es eine Party im intimsten Kreis ist - wie Sie sagten - lasse ich Sie wissen, meine Freunde nennen mich Christian oder Chris. Sie können es sich aussuchen."

Eloise fühlte sich geschmeichelt, aber es gehörte sich nicht für eine Angestellte, ihren Dienstherrn beim Vornamen anzureden.

„Mylord, wie Sie schon sagten, Ihre Freunde pflegen Sie so zu nennen."

„Von mir aus können Sie auch Schnuckelchen sagen. Aber ich glaube, das sprengt den Rahmen der Party, und wir müssen die anderen Gäste ausladen. Und ich würde Sie bitten, es nicht zu sagen, wenn der Doktor da ist. Ich fürchte, es würde ihm einen Schreck einjagen, der seiner Gesundheit nicht zuträglich ist."

Er hatte wieder dieses freche Grinsen auf den Lippen. Eloise überlegte, ob es nicht wirklich besser war, Miss Gracie zu bitten, eine andere Pflegerin für ihren Bruder zu finden. Sie wollte nicht in eine zweideutige Lage kommen.

„Ach, kommen Sie, Miss Padgett. Sie machen schon wieder so ein schrecklich ernstes Gesicht, dass Doktor Blake neidisch würde. Ich liege hier, sehe die Decke dieses Himmelbettes an und warte. Warte, dass die Schmerzen bei einem Anfall weggehen. Warte, dass ich mich wieder gut genug fühle, um aufzustehen. Warte, dass ich irgendwann wieder der Alte bin und nicht mehr an die Decke starre und warte. Gönnen Sie mir doch die kleinen Witze."

Er machte so einen mitleidigen Blick, dass sie nur eins sagen konnte: „Gut, vergeben."

Er musste schmunzeln und rutschte sich etwas in seinen Kissen zurecht. „Und mir ist es auch egal, von mir aus vergessen Sie das mit Christian oder Chris."

Er schien Vernunft anzunehmen, und sie nickte erleichtert.

„Wenn Sie wollen, fangen sie gleich mit Schnuckelchen an."

Eloise nippte an ihrem Glas, um sich Zeit zu verschaffen. Der Lord war sehr freundlich und auch sehr lustig. Aber seinem Wunsch, ihn mit dem Vornamen anzureden, konnte und wollte sie nicht annehmen.

„Mylord, es ist sicher sehr nett von Ihnen gemeint, aber …"

„Ist es nicht, glauben Sie mir."

Das war nicht die Antwort, die sie erwartet hatte. „Wie meinen Sie, Mylord?"

„Es war im höchsten Maß eigennützig. Den ganzen Tag schwirren Leute um mich herum. Wie geht es Ihnen, Mylord? Wünschen Sie etwas, Mylord? Ich komme mir langsam vor, als wenn ich keinen Vornamen mehr habe. Bitte, - und ich meine es jetzt ernst - ich würde mich freuen, von jemand mit dem Vornamen angesprochen zu werden. Und wenn Ihnen das zu unangemessen ist, sagen Sie einfach Lord Christian. Aber bitte, bitte nicht ständig dieses Mylord."

„Sie vermissen Gesellschaft, habe ich recht, Lord Christian?"

Ein ehrliches Lächeln huschte über seine Lippen. Er stellte sein Glas auf seinen Nachttisch und sah für einige Zeit an die Decke. „Ich habe einen Verwalter, der mit jedem Tag, den ich nicht erreichbar bin, weniger weiß, was er machen soll und wie es mit den Grundstücken weitergeht. Ich habe eine Schwester, die aus Sorge um mich fremde Frauen in mein Schlafgemach zerrt. Ja, ich vermisse es, eine Dinnergesellschaft zu geben oder eine Jagdgesellschaft zu besuchen. Sagen Sie - und bitte halten Sie es jetzt nicht für einen unangemessenen Annäherungsversuch - aber sagen Sie, kennen wir uns?"

„Nein, ich denke nicht." Er und sie verkehrten gewiss in anderen Kreisen, als das sich ihre Wege schon einmal gekreuzt haben konnten.

Christian musterte sie noch einmal, ehe er weiterredete: „Wo kommen Sie eigentlich her, Miss Padgett? Ich glaube, Sie haben das bis jetzt noch nicht erwähnt."

„Elderhurst, Lord Christian." Ja, diese Anrede war wirklich eine Lösung, mit der sie sich anfreunden konnte.

„Elderhurst. Nein!“ Er schlug die Hände ineinander und lachte lauthals auf. Nicht so matt wie zuvor, sondern wie ein gesunder junger Mann es tat. „Nein, wirklich Elderhurst?“

Sie nickte. „Ja, was ist daran so lustig?“

„Oh, das ist eine alte Geschichte. Schon lange her.“

„Möchten Sie sie mir erzählen?“ Sie war sich sicher, es würde ihn ablenken, in schönen Erinnerungen der Vergangenheit zu schwelgen. Es konnte ein Gegenmittel sein gegen die Unerträglichkeit des Jetzt. Sie hatte es oft erlebt. Und was konnte dagegen schon einzuwenden sein?

~~~

Christian wusste nicht, was er sagen sollte, Miss Padgett schien wirklich interessiert an seiner Erzählung, und da nichts Unanständiges damit verbunden war, sah er auch keine Bedenken, ihr diesen Wunsch zu erfüllen.

Er musste erneut lachen bei den Gedanken an damals. „Ich war zu einer Jagdgesellschaft in Elderhurst bei einem Freund.“ Einen Freund, den er seit seinem Leiden nicht mehr gesehen hatte, wie er bitter nebenher feststellte. Aber er wollte die gute Stimmung der Geschichte nicht mit solch rührseligen Kommentaren trüben.

„Ich war mit dem Pferd auf dem Weg nach Lime Tallow Manor. Ich erinnere mich überhaupt nicht mehr, warum ich allein auf dem Ausritt war. Gut möglich, dass mein Freund Augustus wieder damit beschäftigt war, eine der anwesenden Damen zu umwerben. Wie dem auch sei. Ich war allein auf einem Ausritt in der Gegend.
~~~

Und ich war schon ein Stück in die Ortschaft hinein, als mein Pferd scheute, weil eine Katze über die Straße sprang. Es war eine recht menschenleere Straße. Vielleicht war es nicht die Zeit, dass Menschen unterwegs waren."

Eloise sah auf das Glas in ihren Händen und schien seiner Geschichte zu lauschen.

„Mit einem Krachen fiel ich auf den Boden. Ich hatte mich an der Hand verletzt, und plötzlich stand dieses junge Mädchen neben mir."

Eloise stand abrupt auf und stellte ihr Glas wieder auf den Tisch. Sie war mit einem Mal blass geworden.

„Was haben Sie, Miss Padgett?"

Wortlos schlenderte sie zu dem Fenster, an dem sie auch gestanden hatte, als er erwacht war. Sofort rasten seine Gedanken, ob er etwas Falsches gesagt hatte. Aber es schien ihm nichts darunter, was sie beleidigt haben könnte.

„Dieses Mädchen sagte zu mir …"

„Ich weiß, was sie sagte, Christian." Sie schien so gedankenverloren, dass sie nicht einmal zu merken schien, dass sie ihn bei seinem Vornamen anredete.

„Was? Aber wie können Sie - ich hab doch noch gar nicht …" Er hielt inne.

Etwas stimmte hier nicht.

Wieder sah sie ihn über die Schulter an.

Jetzt fiel es ihm wie Schuppen von den Augen. Daher kannte er sie.

„Sir, brauchen Sie Hilfe?", sagte Eloise deutlich leiser.

„*Sie* waren das Mädchen."

Und sofort waren die Bilder wieder vor seinem inneren Auge, als wenn es gestern gewesen wäre.

Es war ein warmer Sommertag gewesen. Er hatte die Luft genossen, die der schnelle Ritt in sein Gesicht blies. Elderhurst war eine wunderbare Gegend für Ausritte. Man kam an einem kleinen Bach vorüber, der an einigen wilden Wiesen vorbeiführte, in denen Kornblumenblüten im Wind tanzten. Christian war einfach dem Weg gefolgt, der von Lime Tallow Manor in die nächste Stadt führte. In Waldridge blieb immer so wenig Zeit für lange Ausritte. Als Sohn des Landlords hatte er nichts mit der Verwaltung der Güter zu tun, aber er hatte in diesem Frühjahr viel geholfen Totholzhecken anzulegen. Christian hatte es immer genossen, in der Natur zu sein, auch vor Arbeit hatte er sich nie gescheut. Wo immer Not am Mann war, half er gern.

Umso mehr freute er sich, dass er wieder Zeit hatte, durch die Landschaft zu galoppieren.

Er erreichte die Ortschaft, die erstaunlich leer schien. Die Häuser standen rechts und links, teils mit kleinen Läden, aber von Passanten war nichts zu sehen. Er sah keinen Grund, sein Tempo zu verlangsamen, als plötzlich ein brauner Pfeil an ihm vorüberschoss. So schnell bewegte es sich von der einen Straßenseite auf die andere.

Die Stute unter ihm begann nervös zu tänzeln.

„Ruhig!“, rief er, in der Hoffnung, dass es etwas änderte. Doch die Stute wollte sich nicht so leicht beruhigen lassen, auch wenn das braune Etwas auf der anderen Straßenseite saß und ihnen dabei zusah, wie die Stute sich benahm, als wenn sie eine Ballettaufführung geben wollte.

Sie bäumte sich auf ihre Hinterläufe, und Christian fiel völlig unelegant zu Boden.

Die Stute tanzte noch einige Meter weiter, ehe sie ruhig stehen blieb und zu der Katze sah, die genüsslich ihre Pfote leckte.

„Mistvieh“, schimpfte er und versuchte, sich wieder aufzuraffen, als er plötzlich dieses Mädchen neben sich sah.

„Sir, brauchen Sie Hilfe?“, fragte sie ihn und sah ihn aus großen Augen an. „Ich habe aus der Apotheke gesehen, dass Sie gestürzt sind.“

Wieder auf den Beinen, klopfte er sich den Staub von der Hose.

„Sir, Sie sind ja verletzt!“, rief das Mädchen und deutete auf die Blutspur, die seine Hand auf seiner Hose hinterlassen hatte. Er besah sich seine Hand und sah die abgeschürfte Stelle, aus der Blut tropfte.

„Sir, die Wunde muss versorgt werden.“ Sie sagte es in einem strengen Ton. Bevor er etwas einwenden konnte, ergriff sie seine unverletzte Hand und zog ihn hinter sich in die Apotheke.

Der Laden roch nach Kräutern, Alkohol und irgendwelchen Salben und Tinkturen, die er nicht einmal dem Namen nach kannte. Die Regale hinter der Ladentheke waren befüllt mit Fläschchen und Tiegeln.

Das Mädchen verschwand in einem der Hinterzimmer. Zurück kam sie mit einer Schüssel Wasser. „Geben Sie mir Ihre Hand, Sir.“

Verwundert hielt er dem Mädchen die Hand hin.

„Ich muss die Wunde reinigen“, erklärte sie fachmännisch und rieb mit einem kleinen, feuchten Tuch den Straßendreck von seiner Hand.

„Woher kennst du dich so gut aus?“, fragte er, während sie geschäftig mit ihrer Arbeit weitermachte.

„Meinem Vater gehört die Apotheke. Es gibt öfter Menschen, die zu Vater kommen, weil sie sich verletzt haben."

„Ich finde, du machst das aber auch schon sehr gut." Ihre Arbeit verdiente Lob, dachte er. Sie quittierte es ihm mit einem strahlenden Lächeln. Im selben Augenblick tropfte sie etwas auf seine Hand, dass brannte wie Feuer.

„Aua, verdammt, was machst du?"

Ihr Lächeln wurde noch breiter. „Ich hätte nicht gedacht, dass ein Mann wie Sie so wehleidig ist, Sir."

Empört hatte er sich aufgerichtet. „Ich bin nicht wehleidig. Du hast zu viel davon genommen."

„Sie werden recht haben, Sir."

Er ließ sich ganz sicher nicht von einem Mädchen, die um die vierzehn Jahre alt sein mochte, sagen, dass er wehleidig war.

Vorsichtig strich sie die Stelle mit einer Salbe ein, ehe sie einen Verband um seine Hand legte.

„Ich denke, das ist nicht nötig", protestierte er.

„Nein, nein, Sir. Sie wollen doch, dass die Wunde gut heilt."

Was blieb ihm da zu sagen? Aber er musste gestehen, was dieses Mädchen tat, sah recht erfahren aus.

„So, das hätten wir, Sir."

Das Mädchen nahm die Schüssel und ging wieder in den hinteren Teil des Hauses. Christian wunderte sich. Ob sie dafür ein Geldstück wollte? Er suchte bereits in seiner Tasche nach einem Entsprechenden. Sein Blick fiel auf das Fenster und sein Pferd, das unbewegt auf der Straße stand.

„Sir, kommen Sie doch mal."

Verwundert lehnte er sich über die Ladentheke und versuchte, in das Weitere des Hauses zu sehen.

„Sir?" Die Rufe des Mädchens wurden eindringlicher.

Er seufzte und sah noch einmal auf sein Pferd, ehe er um die Theke ging und dem Mädchen folgte.

Es schloss sich ein Hausflur an, von dem aus eine schmale, dunkle Treppe in die nächste Etage führte.

„Wo bist du denn?", rief er und sah in einen leeren Wohnbereich mit einem alten Sofa und einer ebenso alten Standuhr.

Christian fragte sich, was er hier machte. Das Kind schien allein, und es gab sicher tausend Gründe, warum er nicht hier hinten sein sollte. Einer davon war ihr Vater, der es sicher nicht gern sah, wenn sich ein Gentleman in seinem Wohnbereich herumtrieb. Vielleicht war es besser, ihr einfach zuzurufen, dass er gehen müsse.

„Ich bin in der Küche, Sir."

Die zarte Stimme kam direkt aus dem Raum neben ihm. Die Tür war angelehnt, und er schob sie auf um hineinzuspähen.

Das Mädchen stand auf einem Stuhl und winkte ihn zu sich.

„Was machst du da?"

Sie griff nach einer Keramikdose und zog sie von einem Regal. Die Dose war verziert mit einigen Blütenmalereien. Ein nettes Handwerk. Sie hob den blauen Deckel ab.

„Hier Sir, nehmen Sie sich einen. Mein Vater hat mir auch meist einen gegeben, wenn ich gefallen bin oder so."

Er trat näher und sah in die Dose, die befüllt war mit – Keksen.

„Weil Sie so tapfer waren, Sir."

Die Geste der Kleinen war wahrhaft rührend.

„Möchten Sie vielleicht auch einen Tee?"

„Nein, wirklich nicht. Ich muss wieder los."

Das Mädchen machte ein unzufriedenes Gesicht. „Aber der Keks schmeckt viel besser mit einem Tee."

Sie sah ihn mit so großen Augen an, dass er eigentlich nicht ablehnen wollte. Aber was sollte ihr Vater sagen, wenn er wiederkam und ihn hier mit seiner Tochter beim Tee vorfand?

„Mein Pferd ist draußen unbeaufsichtigt. Es ist in der Tat besser, ich gehe."

Die Apothekerstochter stieg hastig von dem Stuhl, dass er Sorge hatte, sie würde fallen. Die Dose hielt sie immer noch in ihren Armen.

„Aber Sie müssen uns unbedingt einmal zum Tee besuchen. Versprochen?"

Er hatte in den Keks gebissen und genickt. „Sicher, beizeiten."

Wieder hatte sie so reizend gelächelt.

Er war zurück in die Apotheke gegangen und hatte sich verabschiedet.

„Zum Tee. Nicht vergessen, Finnegan", rief sie ihm nach.

Aber er war nie gekommen.

Kapitel 2:

„Warten Sie mal, welchen Namen haben Sie mir damals nachgerufen?“, überlegte er.

Eloise sah immer noch auf das Fenster, aber was vor ihren Augen war, sah sie überhaupt nicht. Vor ihr waren immer noch die Bilder von früher.

„Sagten Sie, Finnegan?“

„Ich habe Sie gewiss verwechselt.“ Sie versuchte so normal wie möglich zu klingen. Warum hatte sie ihn nicht sofort erkannt? Wieso hatte sie nicht gemerkt, dass er Finnegan gewesen war?

„Verwechselt? Sie kannten nicht einmal meinen Namen.“

Sie zuckte mit den Schultern. „Ich weiß es nicht mehr.“

Das war eine Lüge. Eloise erinnerte sich sehr wohl an ihn.

Er war ungefähr eine Woche später noch einmal an der Apotheke vorbeigekommen. Hatte stolz auf seinem Pferd gesessen. Sie war aus der Apothekentür herausgetreten, weil sie gedacht hatte, dass er wirklich zum Tee käme.

Aber er schien es eilig zu haben. Er hatte sie bemerkt und ihr kurz gewunken, dass sie wusste, er hatte sie nicht vergessen.

„Erinnern Sie sich noch? Wir haben uns noch einmal gesehen. Sie standen vor der Apotheke und ich habe Ihnen meine wieder genesene Hand gezeigt."

Eloise sah über ihre Schulter und er machte die Bewegung wieder. Er hielt die Hand hoch, wie er es damals auf dem Pferd getan hatte. Nur, es war die Falsche.

„Es war die andere Hand, Mylord."

„Ich dachte, Sie hätten sich endlich zu einem Christian durchgerungen."

Sie drehte sich zu ihm und schlenderte wieder zu dem Tisch mit den Gläsern. „Es war sicher nur wegen ..."

„Ach, kommen Sie. Es ist nichts dabei, immerhin kennen Sie mich schon."

Sie schwieg. Ihr Finger fuhr über das abgerundete Holz der Tischkante.

„Also Eloise. Wer ist Finnegan?"

„Ein - ein Junge aus der Nachbarschaft."

Christian legte seinen Kopf auf die Seite. „Unwahrscheinlich, dass Sie mich mit jemand, der in Ihrem näheren Umfeld gelebt hat, verwechseln. Versuchen Sie es nochmal. Ich wette, Sie können besser lügen."

Seine Worte ließen sie schmunzeln, dennoch sah sie nicht auf, sondern auf ihren Finger, der die Kante der Tischplatte nachzeichnete und über die Ornamente glitt.

„Es war eine Romanfigur."

Ihre Wangen fühlten sich heiß an, und sie war sich nicht sicher, ob sie rot waren.

„Eine Romanfigur?", fragte er erstaunt.

„Ja, er war ..." Sie schämte sich für all die schwärmerischen Gedanken, die sie sich noch als junge Miss gemacht hatte, die gerade dem Mädchenalter entwachsen war, aber noch davon träumte, eine Frau zu sein.

Der Lord wurde mit einem Mal ernst. „Sie waren damals in Finnegan verliebt, oder?"

„Ich ..."

Weiter kam sie nicht, denn es klopfte an der Tür. Sie war erleichtert, dass sie nicht weiter über das Thema reden musste.

~~~

„Guten Tag, Mylord", rief Doktor Blake, als wenn Christian schwerhörig wäre. Er war aber immer noch in Gedanken bei der Erinnerung, die durch die Geschichte in ihm wach geworden waren.

Eloise war also verliebt in diesen Finnegan gewesen. Welchem Buch auch immer er entsprungen war. Er hoffte, dass er einer der heldenhaften Hauptcharaktere war, denn ansonsten wäre ein Vergleich nicht sonderlich schmeichelhaft für ihn.

Aber dann wäre sie sicher auch nicht verliebt gewesen - in Finnegan.

„Morgen, Doktor", murmelte er weiterhin in Gedanken und sah zu Eloise herüber. Sie stand immer noch vor dem Tisch mit den Gläsern und den Medikamenten. Die Farbe in ihren Wangen ließ nach, was er ihr nicht verdenken konnte bei dem Anblick von Doktor Blake. Dieser war hochgewachsen und schlank. Er hatte eine besserwisserische Art an sich, die Christian
~~~

schon die ganze Zeit nicht gefiel. Aber dafür wusste er recht wenig, was ihm fehlte.

Doktor Blakes Blick fiel auf Eloise, und er blieb erstaunt auf halben Weg zum Bett stehen.

Christian vermutete, dass sie durch einen Pfosten des Bettes unentdeckt geblieben war. Zumindest bis jetzt.

„Oh, guten Tag. Ich glaube, wir kennen uns noch nicht, Miss."

Er blickte fragend auf Christian, als wenn er ihm eine Erklärung für ihre Anwesenheit geben müsste. Aber Eloise wusste sich schon selbst zu helfen.

„Ich nehme an, Sie sind Doktor Blake."

„Ja, da haben Sie recht. Und mit wem habe ich das Vergnügen?" Wieder fiel sein Blick auf Christian. Fast ein wenig vorwurfsvoll.

„Eloise Padgett."

Während sich die beiden unterhielten, wanderten Christians Gedanken wieder zurück zu ihrem ersten Treffen. Aber angenommen, sie hätte Finnegan wirklich gemocht. Was sagte das dann über ihn? Mochte sie ihn auch?

Oder hatte die junge Miss sogar ein wenig für ihn geschwärmt? Und er war nicht zum Tee gekommen. Reue schlich sich in sein Herz. Aber nein, es war Unsinn. Sie wäre noch viel zu jung gewesen, und sein Kommen hätte er auch noch ihren Eltern erklären müssen. Und vielleicht hatte sie noch eine größere Schwester gehabt, die auch ein Auge auf ihn geworfen hätte.

Das Herz des Mädchens wäre trotzdem gebrochen.

Es gab nichts, was er sich vorwerfen musste.

Um nicht weiter über sein gebrochenes Versprechen nachdenken zu müssen, richtete er seine Aufmerksamkeit wieder auf das Gespräch der beiden anderen Anwesenden. Wobei er sich sicher war, Doktor

Blake würde er zu seiner privaten Schlafgemachsparty nicht einladen. Nicht, weil er einen persönlichen Groll gegen den Arzt hegte, sondern weil er mit seiner Besserwisserei sicher alle anderen Gäste vergraulen würde.

„Und Sie sind eine Bekannte des Lords, Miss Padgett?“ Wieder warf der Arzt ihm einen seltsam anmutenden Blick zu.

„Nein, ich bin die Pflegerin des Lords, und ich habe einige Fragen zu der Medikamentierung.“

„Ja, ja, ich werde Ihnen einen Zettel schreiben, was der Lord wie einnimmt.“ Er winkte ab, als wäre Eloise eine lästige Stubenfliege, die es zu vertreiben galt.

„Wer ist denn auf die Idee gekommen, Ihnen eine Pflegerin anzustellen?“ Der Arzt schnaubte, als wenn es ein verkümmertes Lachen sein sollte und stützte sich auf den Spazierstock, den er eitel wie er war, immer mit sich führte.

„Doktor Blake, es ging mir nicht um die Einnahmen des Lords.“

Blake warf ihr einen tadelnden Blick über die Schulter zu.

„Sie müssen selbst zugeben, dass die Sachen recht - willkürlich zusammengewürfelt wirken.“

„Zusammengewürfelt?“ Die Stimme des hageren Mannes klang schrill.

„Sehen Sie, ich verstehe nicht, warum Sie dem Lord dieses Mittel geben, wenn Sie bereits das hier verordnet haben.“ Sie griff sich zwei Flaschen von dem Tisch.

„Vermutlich fehlt Ihnen das nötige Wissen, um meinen Gedankengang zu verstehen.“

Christian konnte sehen, wie Eloise ihre Lippen aufeinanderpresste.

„Ich verstehe sehr wohl etwas davon. Dieses Mittel hier ist eine schwächere Variante hiervon, es macht überhaupt keinen Sinn, sie zusammen zu geben. Wenn das andere nicht hilft, wird dieses es garantiert nicht tun. Warum geben Sie nicht dieses? Es wirkt ähnlich wie die anderen und hat eine sehr gute Wirkung auf den Magen. Mein Vater nimmt es selbst und empfiehlt es auch."

Sie stellte die beiden Flaschen zurück und griff nach einer anderen Pillenflasche, in der die kleinen Kugeln einen klirrenden Laut von sich gaben.

„Und Sie glauben, Sie können von den Magenproblemen Ihres Vaters auf meinen Patienten schließen? Was macht Ihr Vater überhaupt? Empfiehlt er die Pillen in seinem Freundeskreis oder wie darf ich Sie verstehen?"

Eloise ließ die Flasche in ihren Händen ein wenig sinken. Sie war empört. Christian kannte sie noch nicht lange, aber lang genug, um zu wissen, dass sie sich beleidigt fühlte.

„Mein Vater ist Apotheker, Mr Blake."

Beide sahen sich lange an. Blake schob sein Kinn vor und zurück, dass seine Zähne bei jeder Bewegung knirschten.

„Ich bin beeindruckt, Mylord. Wirklich beeindruckt. So viel Wissen für so ein Apothekerstöchterchen."

Eloise zog ihre Augenbrauen zusammen. Sie wusste nicht, was sie von den Worten des Arztes halten sollte.

Dieser lachte. „Ich sehe schon, bald brauchen Sie mich nicht mehr. Dann übernimmt hier das Apothekerstöchterchen die Behandlung. Und das mit dem Wissen, das sie aufgeschnappt hat, als sie ein oder zwei Mal ihrem Vater über die Schulter geschaut hat. Man fragt sich, warum es so viele Kranke gibt. Sie wird doch nicht die einzige Apothekerstochter sein, oder?"

Eloise starrte ihn lange an und setzte dann die Flasche mit einem lauten Knall auf den Tisch zurück.

„Es ist jetzt aber recht hart von Ihnen“, versuchte Christian die Wogen zu glätten: „Sie hat es gewiss nur gut gemeint.“

„Mylord! Ich dulde keine - ich wiederhole - keine Einmischung in meine Behandlung. Was maßt sich diese Person auch an? Wer hat diese impertinente Person eigentlich eingestellt?“

„Das war ...“, setzte Eloise an, aber Christian unterbrach sie: „Das war ich.“

Er wusste, wenn sie Gracies Namen erwähnt hätte, wäre Blake als Nächstes zu seiner Schwester gelaufen und hätte versucht, ihr die Anstellung auszureden.

Blake rümpfte die Nase. „Ich fürchte, Sie haben sich mit dieser Pflegerin keinen Gefallen getan.“

Während der Arzt weiter mit ihm redete, glitten Christians Augen immer wieder zu Eloise. Und immer wieder drängte sich ihm die Frage auf, ob sie damals für ihn geschwärmt hatte. Zumindest ein wenig.

~~~

„Ich mach mir wirklich Sorgen, weil Sie wieder einen solchen Anfall hatten.“ Doktor Blake stemmte die Hände in die Seiten und schüttelte den Kopf.

Eloise stand schweigend in der Ecke. Auf den Platz, auf den Mr Blake sie verbannt hatte. Sie sah dem Treiben zu. Hörte, wie Doktor Blake mehr lamentierte, als sich ernsthaft um seinen Patienten zu kümmern.

Seine Diagnose stand schnell fest, das Gespräch mit dem Verwalter war offenbar zu viel.
~~~

Eloise schnaubte.

Keine Frage nach dem, was der Lord gegessen hatte. Nichts darüber, was er sonst gemacht hatte. Ob er großen Ärger gehabt hatte. Wann die ersten Beschwerden wieder aufgetreten waren.

Der Arzt hatte resigniert, und das ärgerte sie. Er suchte überhaupt nicht mehr nach einem Grund. Selbst ihr Vater stellte mehr Fragen als Doktor Blake.

Mit einem Bleistift kritzelte er etwas auf einem Blatt und kommentierte, ohne sie anzusehen: „Das hier muss der Lord nehmen. Die Dosierung habe ich Ihnen aufgeschrieben. Halten Sie sich daran. So Mylord, meine anderen Patienten warten. Ich habe heute viele Hausbesuche anstehen, aber natürlich wollte ich Sie als Ersten aufsuchen."

Eloises Blick ging über das Papier.

„Haben Sie sich hier vertan?"

Der Arzt sah sie böse über seine Schulter an. „Warum?"

„Jeden Tag morgens und abends einen Löffel Laudanum? Das geben Sie doch sicher nur, wenn der Lord einen dieser – Anfälle hat."

Sie mochte das Wort schon allein nicht.

„Miss – wie war Ihr Name noch gleich?"

„Padgett", sagte Christian.

„Halten Sie sich einfach an meine Anweisungen. Und Sie, Mylord - sollten sich dringend – ich betone, dringend eine neue Pflegerin suchen."

„Mein Vater hat aber immer darauf verwiesen, dass es Hinweise gibt, dass Patienten, die dieses Mittel nehmen, dazu neigen würden, es später weiter zu brauchen."

Der Arzt rollte seine Augen. „Ist Ihr Vater wirklich jemand von dieser irrigen Theorie?"

Mr Blake wandte sich dem Lord zu. „Es gibt einige selbst ernannte Hüter über die Menschheit, die dem Mittel unterstellen, abhängig zu machen. Aber ich bitte Sie, jedes Mittel kann ein Gift sein - wenn …" Und jetzt hob er belehrend den Zeigefinger: „… man nicht die richtige Dosierung kennt. Ich versichere Ihnen, es ist alles vollkommen harmlos."

Christian sah wieder zu ihr herüber. Eloise wusste diesen Blick nicht zu deuten. Ihr war schon aufgefallen, dass er sie seit ihrem Streit mit dem Arzt des Öfteren so angesehen hatte.

„Also, Miss Padgett. Halten Sie sich an meine Verordnung und alles wird gut."

Sie presste die Lippen aufeinander. Mit diesem Menschen war nicht zu reden. Und er hatte nur Sekunden gebraucht, um sie auch vor dem Lord bloßzustellen.

Noch einige höfliche Worte an den Lord und Mr Blake war verschwunden.

„Also kann ich Sie überzeugen, mir ein wenig von Finnegan zu erzählen?"

Eloise sah wieder auf das Blatt, sie ließ ihre Fingerspitzen über die Kante des Papieres streichen.

„Machen Sie sich nichts daraus. Blake nimmt niemand ernst außer sich."

„Ja, gewiss, Mylord", sagte Eloise gedankenverloren. Wenn sie sich die Liste besah, stimmte etwas damit nicht. Sie gab in sich überhaupt keinen Sinn.

„Eloise?"

„Ja?" Sie sah auf.

Christian schaute sie lange an. „Ich dachte, wir wären über das Mylord schon hinaus. Wie oft wollen Sie denn noch in diese alte Gewohnheit verfallen? Noch einmal, und ich lege Sie über mein Knie und verhau Ihnen … Na ja, wahrscheinlich eher nicht." Er grinste schräg. „Oder legen Sie es genau darauf an?"

Sie schmunzelte. „Nein, Christian."

„Gut, erstens hätte ich auch keine Lust dazu, und zweitens wäre es auch schwer, Doktor Blake zu erklären, warum ich eine rote Hand hätte."

Er rückte sich wieder in seinen Kissen zurecht. „Also, was für Beanstandungen haben Sie an dem Plan von Doktor Blake?"

Sie legte den Kopf auf die Seite. „Vielleicht sollte ich mich nicht in die Behandlung von ihm einmischen."

Christian kniff gequält die Augen zusammen. „Oh bitte, Eloise. Diese Bescheidenheit steht Ihnen nicht."

Sie sah wieder auf den Zettel und überlegte, was sie ihm sagen sollte. Eloise war sich sicher. Eigentlich. Aber was, wenn sie sich überschätzte? Was, wenn Doktor Blake doch recht hatte und ihr Wissen nicht ausreichte? Nicht in diesem Fall.

~~~

„Außerdem", redete Christian weiter: „Sie waren es, die meine Hand versorgt hat. Erinnern Sie sich? Finnegan? Nur um ihn noch einmal erwähnt zu haben."

Eloise seufzte. „Gut, ich kann es Ihnen sagen, aber wie Doktor Blake betonte, ich bin nur die Tochter des Apothekers. Ich habe nicht die gleiche Ausbildung wie er."

„Oh Gott, Eloise. Jetzt hören Sie aber auf. Raus mit der Sprache, was stört Sie?"

Sie legte den Kopf auf die Seite. „Gut, weil Sie es sind, Christian. Ich - ich würde keinen Grund sehen, das
~~~

Laudanum ständig zu geben. Erstens, weil es Vermutungen gibt, dass es schwer abzusetzen ist. Es gibt sicher Fälle, wo es angebracht ist. Aber bei Ihnen? Zweitens, weil es Sie in der Dosierung recht schläfrig machen wird. Und das den ganzen Tag. Sie haben doch nur mit Magenproblemen zu tun. Oder?"

Christian rieb sich über die Stirn. „Gut, sagen wir so, begonnen hat alles vor ungefähr einem Jahr mit einer scheinbar kleinen Magenverstimmung. Gracie war besorgt, wie sie es immer ist und hat den Doktor einbestellt. Sein Vater war bereits der Arzt unserer Eltern. Ich wusste, dass sein Sohn die Praxis übernommen hatte. Wir hatten aber nie Kontakt zu ihm. Erst bei diesem Vorfall."

Christian dachte nicht gern an diesen Tag zurück, da es sich anfühlte, als wenn das der Beginn seiner Misere war. Der Tag, an dem alles Unglück seinen Lauf genommen hatte.

„Er hat auch nichts Ernstes darin gesehen und mir versichert, bald wieder auf den Beinen zu sein. Meine Schwester war, glaube ich, schon damals sehr angetan von ihm. Auf jeden Fall hat sie ihn zum Essen bei uns eingeladen. Und es ging auch bald besser. An dem Abend, wo er da war, passierte es dann das erste Mal. Es war ein schrecklicher Schmerz. Gracie war sehr froh, dass Blake zu diesem Zeitpunkt da war."

Christian machte eine Pause. Er hatte noch niemand diese Geschichte erzählt oder erzählen müssen.

„Sehen Sie, Eloise. Diese Krämpfe im Magen waren aber noch nichts zu denen, wie sie jetzt sind."

Er wusste, dass sich alle große Sorgen um ihn machten. Selbst der Verwalter. Aber niemand hatte im Blick, wie viel Sorgen er sich machte.

„Sehen Sie, das Schreckliche ist, dass es nicht kontinuierlich schlimmer wird. Es ist kein Niedergang, wie man es sich denken würde. Es wird besser, dass man Hoffnung fasst, und dann, wenn man sich siegessicher fühlt, schlägt es wieder zu."

Eloise setzte sich an sein Bett. Ihre Hand legte sich auf seine. Es war sogar die, die sie damals selbst verarztet hatte, und wieder konnte er sich nur wundern, was sie damals bewogen haben mochte, ihn Finnegan zu nennen.

Bevor er weiter in diese Gedanken abdriftete, nahm er das Gespräch wieder auf: „Und was ist mit der weiteren Liste?"

Sie griff nach dem Papier, das sie auf ihren Schoß gelegt hatte.

„Ich weiß nicht, was ich dazu sagen soll. Es scheint mir alles in allem überhaupt nicht stimmig zu dem, was Sie mir geschildert haben. Drei Magenmittel, eines davon ein sehr schwaches. Warum sollen Sie das nehmen, wenn das andere stärker ist? Und um ehrlich zu sein, würde ich zu dem dritten greifen. Es ist eine gute Wahl."

„Weil es Ihr Vater auch nimmt?"

Sie musste schmunzeln. „Nein, er hat es oft und sehr erfolgreich in der Apotheke ausgegeben. Ich würde mein Strumpfband darauf verwetten, dass er sich für das Dritte entscheiden würde."

„Angenommen. Sollten Sie aber recht haben, bekomme ich ihr Strumpfband. Wenn nicht, erhalten Sie nichts von mir, ich besitze keine Strumpfbänder."

„Das war so dahingesagt."

„Wollen Sie kneifen? Oder sind Sie sich doch nicht so sicher?"

Ihm gefiel die Wärme ihrer Hand auf seiner, dass er nur einen Arm nahm und ihn vor seine Brust hielt.

„Aber Christian. Es ist doch ein schlechter Einsatz."

Sie sah wie er auf das Blatt. An ihrem Hals kroch leichte Röte hinauf zu ihren Wangen.

„Also, ich finde es einen hervorragenden Einsatz." Er lachte. „Wann habe ich hier schon mal die Möglichkeit, an ein Strumpfband zu kommen? Ich würde mich wie ein Kind zu Weihnachten freuen. Also, wann schreiben Sie Ihrem Vater?"

Plötzlich fiel ihm auf, wie dumm seine Worte waren. Natürlich lebte ihr Vater nicht mehr. Warum sonst sollte sie bei jemand wie ihm in Stellung gehen? „Tut mir leid, da bin ich wohl über das Ziel hinausgeschossen."

Sie sah ihn verwundert an. „Was meinen Sie? Wegen des Strumpfbandes?"

Christian ließ sich wieder in die Kissen zurücksinken. Natürlich, deswegen auch diese grauen Sachen. Es war noch nicht lange her. Sie war noch in Trauer.

„Nein, ich meinte, dass mit Ihrem Vater."

Ihre Augen tasteten über sein Gesicht. „Ich verstehe wirklich nicht, was Sie meinen, Christian."

„Ich wusste nicht, dass er nicht mehr … Vielmehr ich habe nicht daran gedacht." Er selbst wusste, wie hart es in jungen Jahren war, auf sich gestellt zu sein. Noch ein Grund mehr, dass er sich über seine Bemerkung ärgerte.

Sie blickte ihn immer noch recht verständnislos an.

„Ich meine eigentlich - mein Beileid, Eloise."

Sie hustete plötzlich, als wenn sie sich verschluckt hatte und - lachte. „Ach du meine Güte, aber er lebt. Wie kommen Sie darauf, dass es anders wäre?"

Er schluckte, wobei er merkte, dass sich sein Mund erneut trocken anfühlte. Wie man sich täuschen konnte. Aber ein Grund mehr, dass er sich wunderte, dass sie eine Anstellung gesucht hatte und welchen Aufzug sie trug.

Kapitel 3:

„Werden Sie Ihrem Vater schreiben?" Er hatte ihr immer noch nicht erklärt, wie ihm der Gedanke gekommen war, dass ihr Vater nicht mehr lebte. Dennoch lag es Eloise fern, weiter danach zu fragen. Schließlich wollte sie ihn nicht in Peinlichkeiten bringen.

„Wenn Sie es wünschen, werde ich es tun."

„Brauchen Sie die Gewissheit nicht, dass Sie möglicherweise recht haben?"

Sie sah wieder auf den Zettel in ihrer Hand mit der recht kritzeligen Schrift darauf.

„Sie brauchen sie. Geben Sie es zu."

„Es wird aber dauern. Mindestens zwei Wochen." Die Beförderung per Postkutsche dauerte recht lang in Anbetracht von Christians Lage. Und was sollte sie bis dahin tun? Sich strikt an die Vorgaben des Arztes halten?

„Warum schicken Sie keinen Kurier auf meine Kosten?"

„Oh bitte, Christian." Sie winkte ab. Sie wollte nicht, dass es so aussah, als wenn er ihr das Geld geben müsste.

„Keine Widerrede. Dann haben Sie Ihre Antwort vielleicht schon morgen. Also?"

Eloise war geschmeichelt von seinem Angebot. Dennoch kam es ihr falsch vor.

„Sie können es von meinem Lohn abziehen, Christian."

Er gab einen verächtlich schnaubenden Laut von sich. „Im Ernst, so viel sollte mir doch ein Strumpfband wert sein, oder?"

Seine Hand umfasste ihre. Erst jetzt fiel Eloise auf, dass sie sie immer noch auf seiner liegen hatte. Es war übergriffig von ihr als seine Angestellte, und doch war sie nicht im Stande, sie zurückzuziehen. Seit sie wusste, dass er damals Finnegan gewesen war - ihr Finnegan - hatten sich Dinge auf eine verwirrende Art zwischen ihnen geändert.

Streng sagte sie zu sich, dass all das nur auf den Fantasien einer jungen Miss beruhte, die sie heute nicht mehr war.

„Ich weiß nicht, ob das richtig wäre", sagte sie leise und löste ihre Finger von seinen. Doch er ließ sie nicht. Seine Hand umfasste ihre.

„Bitte, Eloise. Sehen Sie es doch von meiner Sicht. Jeder kleine Hinweis, der irgendetwas besser machen könnte an meinem Zustand, ist mir mehr als willkommen. Vielleicht hat Ihr Vater eine Idee, was mir noch helfen könnte, an das bisher noch niemand gedacht hat."

Es kostete ihn Mühe, aber er setzte sich aufrecht hin und lehnte sich etwas zu ihr herüber.

„Eloise, vielleicht können Sie es sich nicht vorstellen, aber ich habe Angst. Ja, ich gestehe es. Ich habe Angst. Wenn es so aussieht, als wenn mein Zustand sich verbessert, habe ich Angst, dass es wieder schlimmer wird. Wenn ich einen Anfall habe, habe ich Angst, dass es nie wieder besser wird. Und wissen Sie was? Ich habe dabei nicht so sehr Angst um mich als wie um das hier."

Er ließ seinen Blick durch den Raum schweifen. „Was soll aus dem allen werden? Mein Verwalter ist gut. Aber soll er alle Entscheidungen für Waldridge treffen? Soll ich ihm die Last aufbürden? Und mein Erbe ist …"

„Bitte, Sie sollten nicht so reden." Ihre Stimme klang nicht überzeugend. Die Worte kamen tonlos über ihre Lippen. Ihr Hals fühlte sich wie zugeschnürt an und gab ihr das Gefühl, als wenn sie jeden Moment in Tränen ausbrechen müsste.

Nie - nie hätte sie sich träumen lassen, dass *ihr* Finnegan eine solche Diskussion mit ihr führen würde.

„Lassen Sie mich ausreden." Sein Tonfall war streng geworden. „Mein Erbe wäre meine Schwester Gracie. Wie soll sie mit all dem fertig werden? Sie hat weder das Wissen noch das Interesse dafür. Ich mache ihr deswegen auch keinen Vorwurf. Sie wird sich mit Händen und Füßen dagegen wehren, auch nur etwas von mir erklärt zu bekommen. Da sie bis zuletzt hoffen wird, dass es Rettung gibt."

Eloises Blick traf sich mit dem von Christian. Seine Augen waren so moosgrün wie die Wälder der Gegend. Damals in der Apotheke war ihr der Farbton gar nicht so aufgefallen. Aber hier jetzt. Er gehörte hierher. Hierher nach Waldridge. Es war, als wenn es ein Teil von ihm war und mit ihm stärker würde oder verginge wie das grün der Blätter im Herbst.

„Und werden Sie mit diesem Wissen Ihrem Vater schreiben?“

Sie nickte, weil sie nicht mehr in der Lage war zu sprechen.

„Darf ich Sie jetzt nach meinem Geständnis um zwei Dinge bitten?“

Wieder nickte sie.

„Sagen Sie bitte nichts davon Gracie. Sie macht sich schon genug Sorgen. Und – vielleicht, wenn es nicht gegen irgendeine Regel Ihrer Tätigkeit verstößt, würden Sie mich kurz in den Arm nehmen?“

Es war eine so herzergreifende Bitte, dass sie nicht anders konnte. Sie legte ihre Arme um seinen Hals und ließ sich von ihm an seinen Oberkörper drücken. Seine Hände lagen auf ihrem Rücken.

Sie konnte kaum glauben, dass es die Umarmung eines fremden Mannes war, denn sie hatte das Gefühl, sie kenne ihn schon länger - viel länger.

Wieder zwang sich Eloise dazu, sich zusammenzureißen. Es waren nur Gefühle, die auf ihrer mädchenhaften Fantasie von damals beruhten. Sie wusste nichts über diesen Mann, außer dass er Hilfe brauchte.

Genauso wie Finnegan.

Sie kniff die Augen zusammen und legte ihren Kopf an seine Schulter. Sie musste früher vergessen. Sonst würde sie in einem Gefühlschaos landen, in dem sie sich verrannte.

Christian war nicht Finnegan. Oder das, was sie sich unter Finnegan vorgestellt hatte.

Er war der Lord of Waldridge.

Und sie – sie war seine Pflegerin.

Langsam löste sie sich wieder aus seinen Armen wie aus den Erinnerungen der Vergangenheit.

„Ich danke Ihnen, Eloise."

Ihre Hände lagen immer noch auf seinen Schultern.

Plötzlich legte er seine auf ihre Wangen und hielt ihr Gesicht zwischen ihnen.

„Ich habe mich nie bei der jungen Miss bedankt, dass sie meine Hand versorgt hat." Er zog sie näher an sich. Mit einem Schreck kam ihr der Gedanke, dass er sie küssen wollte. Sie wollte aufstehen, wollte sich seiner Berührung entziehen, aber ruhig saß sie da und tat nichts.

Sanft legten sich seine Lippen auf ihre Stirn, direkt unter ihren Haaransatz. Wieder schloss sie ihre Augen. Sie spürte in das warme Gefühl auf ihrer Stirn, das ihre Haut darunter zum Pulsieren brachte.

Die Tränen aus ihren Augen tropften leise auf seine Decke, und als sie sie wieder öffnete, war ihr Blick wie unter einem Schleier.

„Wenn es nicht schon zu spät ist, würde ich die Einladung zum Tee gern nachholen. Ich würde sehr gern heute Nachmittag den Tee mit Ihnen einnehmen, Eloise. Ich kann es Ihnen nur hier in meinen bescheidenen Räumen anbieten. Aber vielleicht könnten Sie darüber hinwegsehen und sich vorstellen, wir säßen unten im Wintergarten oder Salon. Werden Sie kommen?"

Sie nickte. „Ja, Sir."

Ein Lächeln spielte um seine Lippen.

Es war ganz sicher unangemessen, aber er strich mit den Daumen über ihre Wangen die Tränen fort. Aber sie hielt ihn auch nicht davon ab.

„Wir wollen doch nicht, dass sich meine Schwester Sorgen macht. Sie dürfte jeden Moment kommen. Sie besucht mich immer kurz vor dem Mittag. Wenn Sie mögen, können Sie sich ruhig etwas ausruhen. Es war sicher eine anstrengende Reise."

„Ich werde die Zeit nutzen und meinem Vater schreiben."

Seine Augen blitzten auf. Sie konnte einen Funken Hoffnung darin sehen. „Ja, tun Sie das, Eloise."

„Ich - ich werde Ihnen helfen ..." Weiter konnte sie nicht reden.

„Na los, sagen Sie schon, was Sie sagen wollten."

Er nahm seine Hände von ihren Wangen zurück und legte sie auf ihre Schultern.

„Ich werde Ihnen helfen, Finnegan."

~~~

„Oh, geht es dir wirklich besser, Christian?" Wie er allein diese Frage gelernt hatte zu hassen. Jeder, der seinen Fuß über diese Schwelle setzte, stellte dieselbe Frage. Christian hatte sich bereits überlegt, ob er die Antwort einfach jedem zurufen sollte, der hereinkam. Es würde ihnen Zeit sparen.

Aber er war Gentleman genug, um das nicht zu tun. Dem Anstand halber wartete er auf die Frage und antwortete erst dann.

„Ja, deutlich besser als gestern Abend."

Er sah, wie Gracie am Fußende seines Bettes stand und den Knöchel ihres Zeigefingers zwischen ihre Zähne nahm.

„Was hast du?"

„Ich wollte nur fragen, wie du - also ich meine, wie du und die neue Pflegerin so - also miteinander auskommt?"

„Warum? Hat sich der liebe Doktor beschwert?"
~~~

„Du weißt, dass Travis - ich meine Doktor Blake sich größte Mühe gibt. Du solltest nicht so feindselig ihm gegenüber sein. Er kann doch auch nichts dafür, dass es so eine schwierige und langwierige Sache ist."

Die zwei Locken, die Gracie immer offen trug, umrahmten ihr Gesicht und ihre großen braunen Augen. Obwohl er wusste, dass sie eine erwachsene Frau war, konnte er nicht umhin, immer noch das junge Mädchen in ihr zu sehen.

Nicht, weil er sie schon seit ihrer Geburt gekannt oder weil er sich die vergangenen Jahre um sie gekümmert hatte. Dieser Blick hätte in jedem Mann den Beschützer geweckt. Er bildete darin keine Ausnahme, auch wenn er ihr großer Bruder war.

„Ich mache ihm keinen Vorwurf."

„Er hat sich bei mir beschwert, weil ich überhaupt eine Pflegerin eingestellt habe. Grundsätzlich hält er es für eine gute Idee, aber bei dieser zieht er doch sehr in Zweifel, dass es die richtige Wahl ist."

Christian rollte die Augen. „Er hat überreagiert. Nur weil sie ein oder zwei Fragen zu der Medikamentierung hatte. Das sollte ihn nicht in seinem beruflichen Stolz kränken. Oder siehst du das anders?"

Gracie ging einige Schritte im Zimmer auf und ab. „Er ist doch nur in Sorge. Wie wir alle."

Bei Doktor Blake war er sich nicht ganz sicher, ob das wirklich die zutreffende Formulierung war oder ob sein Stolz durch Christians Widerwillen zur Heilung verletzt war. Niemand erlaubte sich krank zu sein, den Doktor Blake für gesund erklärt hatte. Aber das sagte Christian nicht seiner Schwester.

„Ich weiß, dass ihr besorgt seid."

Sie sah wieder zu ihm herüber. „Sag mir, du bist doch nicht böse, weil ich über deinen Kopf hinweg entschieden habe?“

„Was meinst du?“ Er konnte ihrem Gedankensprung nicht folgen.

„Wegen der Pflegerin Miss Padgett. Ich dachte, ich habe nicht die Zeit immer hier, bei dir …“

„Schon in Ordnung. Sie ist nett. Du wirst es nicht glauben, wir kennen uns sogar.“

Gracie ließ ihre Hand wieder sinken. „Ach ja?“

„Ja, ich hatte damals einen Reitunfall, und …“

„Du hattest *was*?“

„Ich habe mich auf den Hintern gesetzt. Mehr nicht. Sie hat meine aufgeschürfte Hand versorgt.“

Gracie stemmte die Hände in die Seiten. „Und warum hast du mir nichts davon erzählt?“

„Weil es unbedeutend war. Ich habe es selbst vergessen. Bis heute.“

Es war, wenn er ehrlich war, keine schlechte Erinnerung. Im Gegenteil. Jedes Mal, wenn er Eloise ansah, erinnerte er sich an eine Zeit, als alles noch anders gewesen war. Er war ein anderer gewesen. Ohne die Verantwortung des Lord-Titels und ohne diese schrecklichen Zustände.

„Macht es dir etwas aus, wenn ich heute Nachmittag außer Haus bin? Ich wollte mich mit Julia zum Tee treffen. Wenn du mich aber lieber im Haus hast, musst du nur Bescheid sagen. Ich bleibe selbstverständlich gern.“

„Nein, nein.“ Er winkte ab. „Geh ruhig und mach dir nicht die ganze Zeit Sorgen. Genieß die Zeit mit deiner Freundin.“

Blieb ihm nur noch zu hoffen, dass sie sich auch wirklich mit Julia traf und nicht mit einem gewissen

Arzt, der zu viel freie Zeit hatte und diese auch noch mit Gracie zu verbringen gedachte.

„Aber es gibt etwas, mit dem könntest du mir vielleicht helfen."

Gracie trat sofort näher an sein Bett und legte ihre Hand auf einen der Pfosten des Himmelbettes.

„Ich habe mich letztens an ein Buch erinnert, aber mir fällt der Titel nicht ein. Vielleicht kannst du mir weiterhelfen."

„Gewiss, wenn ich ihn weiß."

Er wusste, dass Gracie viel las. Dass es ihm um ein Buch ging, das gerade das Thema zwischen ihm und Miss Pagett gewesen war, ließ er unerwähnt.

„Wie gesagt, ich weiß nicht, ob es bei uns in der Bibliothek steht oder ob ich es zu Besuch irgendwo gesehen habe."

„Ja, ich verstehe. Was weißt du denn noch?"

Sie wiegte ihren Kopf von einer Seite auf die andere, als wenn sie so schneller denken könnte. Ihre dunklen Locken tanzten dabei auf und ab.

„Der Held hieß Finnegan." Sein Herz klopfte schneller, als er den Namen erwähnte.

„Finnegan? Das ist aber ein außergewöhnlicher Name. Und was weißt du noch?"

Er machte ein verdrießliches Gesicht. „Nicht viel mehr. Leider."

Gracie tippte sich vor ihr spitzes Kinn, dass sie von ihrer Mutter hatte. „Zum Glück hieß der Held nicht John, sonst wären wir jetzt ziemlich in Schwierigkeiten. Aber Finnegan? Das könnte …" Sie sah an die Decke, und Christian hielt die Luft an. „Nein, der hieß anders. Finnegan, Finnegan." Immer wieder murmelte sie den Namen vor sich hin. Christian fiel auf, dass der Name aus ihrem Mund gar nicht so charmant klang wie aus Eloises.

„Nein, tut mir leid. Mir fällt beileibe kein Buch ein, in dem jemand so heißen würde. Vermutlich hast du es bei einem Besuch gesehen oder jemand hat davon erzählt.“ Sie zuckte die Schultern.

„Ich danke dir, Gracie.“

Er wunderte sich über sich selbst. Warum war ihm plötzlich so wichtig zu wissen, wer Finnegan war, dass er sogar seine Schwester fragte?

~~~

„Vater, was ist dein fachlicher Rat zu der Angelegenheit? Die Sache ist von äußerster Dringlichkeit. Bitte, schicke deine Antwort mit dem Kurier. Es ist bereits im Voraus bezahlt.

Ich erwarte deine Antwort sehnlichst.

Deine dich liebende Tochter Eloise.“

Eloises Blick glitt noch einmal über die Seiten, ob sie auch an alles gedacht hatte.

Sie hatte versucht, die Symptome des Lords so genau wie möglich zu beschreiben, als auch eine exakte Abschrift der Medikamentierung beigelegt.

Außerdem hatte sie noch kurz berichtet, wie es ihr in Waldridge erging und wie man sie untergebracht hatte. Aber diesen Teil hatte sie kurz gehalten. Sie wusste, es würde das sein, was ihren Vater am meisten interessierte. Doch es war auch der Teil, den er gewiss am meisten kritisieren würde.

Sie kannte seine Argumente.
~~~

Die Tochter eines gut situierten Apothekers wie ihm hatte es nicht nötig, selbst in Anstellung in irgendeinen Haushalt zu gehen.

Eloise hatte immer wieder betont, dass es ihr darum ging zu helfen, nicht um das Geld. Aber es war bei ihrem Vater auf Unverständnis gestoßen. Helfen könne sie auch in seiner Apotheke und vielleicht, wenn er eine Hilfe in die Apotheke holte – ja vielleicht wäre das auch ein Mann für sie.

Sie hasste das Thema Heirat und Ehe.

Es war nicht, dass sie prinzipiell etwas dagegen hatte, aber es schien ihr nie das Richtige für sie. Nicht mit ihrer Schuld, die sie jeden Tag auf ihren Schultern spürte. Mal schwerer und mal weniger.

Aber da war sie immer.

Außer, wenn sie sich um Leute kümmerte, vergaß sie, was passiert war.

Sie faltete den Brief sauber zusammen und schob ihn in ein Kuvert.

An Mr Padgett
Kingsstreet 4
Elderhurst

Ihr Blick fiel auf ihre Taschen, die noch unberührt neben dem Schrank standen. Sie hatte darauf bestanden, selbst auszupacken. In den alten Reisetaschen befanden sich einige ihrer wichtigsten Schätze.

Es waren Taschen, die ihre Mutter schon benutzt hatte, als sie selbst in Anstellung als Pflegerin gewesen war. Die Zeiten waren damals noch andere gewesen. Durch den Krieg gegen Napoleon hatte es viele Verletzte gegeben, die Umsorgung brauchten.

Wie ihre Mutter wohl gehandelt hätte, wenn sie an ihrer Stelle mit Christian gewesen wäre? Aber sie wusste, dass sie darauf nie eine Antwort bekommen würde.

Sie seufzte und griff nach den Lederhenkeln, öffnete die Tasche und suchte durch die Kleidungsstücke, die sie hineingelegt hatte.

Ihre Finger tauchten tief in den Stoff, als sie etwas berührten. Sie spürte das weiche, abgegriffene Leder. Vorsichtig zog sie es hervor. Es war ein schmuckloser brauner Band, an dem bereits die Zeit deutliche Spuren hinterlassen hatte. Das Leder war abgegriffen, teilweise verkratzt, die Seiten des Buches an den Rändern bereits vergilbt und zum Teil ausgefranst.

Dennoch glitten Eloises Finger liebevoll über die dunklen, eingeprägten Lettern: *Die Pflegerin und der Soldat.*

Egal, wo sie hinreiste, hatte sie dieses Buch bei sich. Es war wie ein treuer Gefährte. Sie wusste nicht, wie viele Male sie es gelesen hatte.

Und genauso hatte sie sich ihre Mutter vorgestellt, wie Mary, die Heldin des Romans.

Und ebenso hatte sie selbst immer sein wollen.

Sie ließ die Seiten gedankenlos durch ihre Finger gleiten und öffnete an einer beliebigen Stelle den Roman.

Mary sah Finnegan tief in die Augen. „Ich habe keine Ahnung, was Sie erleiden mussten. Aber eins weiß ich, ich werde Ihnen helfen, Finnegan."

~~~
~~~

„Soll ich den Tee schon servieren, Mylord?"

Christian nickte und sah dem Dienstmädchen dabei zu, wie sie den Tee in die Tasse goss. Es war ein reizendes Ding. Nicht, dass er irgendwelche Ambitionen ihr gegenüber hatte. Er hatte noch nie Hand an eine Angestellte gelegt, und er hatte auch nicht vor, das zu ändern.

Außer, …

Aber das konnte man nicht vergleichen. Rina, das Dienstmädchen, war einfach nur ein kleiner Augengenuss, den er sich gönnte. In seinem Zustand gab es nicht viele Damen, über deren Gesellschaft er sich erfreuen konnte. Und eine Frau mit Bewunderung ansehen, tat schließlich niemand weh. Oder?

Sie hatte ihre Haare unter ein Häubchen gesteckt. Nur einige ihrer roten Locken ließen sich an den Seiten sehen. Dazu volle Lippen mit großen Augen. Ja, sie war schön.

Aber sie war offensichtlich auch anständig. Sie war nun schon drei Jahre in White Rose Hall in Anstellung und soweit ihm bekannt war, hatte es nie Ärger mit ihr gegeben. Kaum vorstellbar, dass kein Kammerdiener versucht hatte, ihr schöne Augen zu machen.

Christian konnte sich noch erinnern, dass es um ein anderes Mädchen regelmäßig handfeste Streite gegeben hatte.

Aber nicht Rina.

Sie musste Anstand besitzen.

„Soll ich auch schon die zweite Tasse eingießen?"

Sie deutete auf das Geschirr, das er für Eloise hatte auftragen lassen.

„Ja, machen Sie das."

Sie nickte. „Ich dachte nur, damit der Tee nicht kalt wird."

Er machte eine Handbewegung, dass sie trotzdem einschenken sollte.

Die dunkle Flüssigkeit verteilte sich in der weißen Porzellan Tasse.

Christian hoffte, dass Eloise ihn nicht genauso warten ließ wie er sie bei ihrer Einladung. Es hatte in der Tat nicht von Benehmen gezeugt, dass er so achtlos die Einladung angenommen hatte, ohne je im Sinn gehabt zu haben, sie auch zu erfüllen. Andererseits war sie eine junge Miss gewesen. Viel zu jung, um einen Gentleman wie ihn einzuladen.

„Kennen Sie einen Roman mit einem Held namens Finnegan?"

Rina sah erschrocken auf. „Ich, Mylord?"

„Ja, sagt Ihnen das etwas?"

Rina wurde rot und wich seinem Blick aus. „Mylord, ich - ich lese nicht viel."

Was war nur mit ihm los? Es war nichts Ungewöhnliches, das Dienstmädchen kaum oder nur das Nötigste lesen konnten. In dem Vorzug einer Bibliothek wie der seinen war sie gewiss nie gewesen.

„Vergessen Sie meine Frage. Es war nur - etwas, dass mich beschäftigt hat."

„Haben Sie Ihre Schwester gefragt, sie ist sehr intelligent oder - Doktor Blake? Er - er ist doch sogar studiert."

Wieder errötete sie.

Ihr war sichtlich bewusst, dass sie eine Grenze zwischen Dienstboten und Herrschaft mit der Frage übertreten hatte.

„Eine gute Idee. Ich danke Ihnen, Rina." Er lächelte ihr zu. Er wollte nicht, dass sie sich wegen der kleinen Frage schämte. Obwohl er natürlich schon seine Schwester gefragt hatte. Und Doktor Blake? Den würde er sicher nicht fragen. Aber er vermutete auch nicht, dass er sich viel mit solcherlei Romanen beschäftigte. Christians Vermutung ging in die Richtung, dass es eine Art Liebesroman sein musste. Bei Doktor Blake undenkbar.

Oder …

Christian musste grinsen. Oder das war ein dunkles Geheimnis des lieben Doktors. Heimlich verschlang er jede Nacht eine romantische Lektüre nach der anderen. Ein Gedanke, der Christian gefiel, weil er ihm so absurd vorkam.

Aber vielleicht war das, was seine Schwester instinktiv an Travis Blake anzog. Vielleicht hatte sie bereits den Romantiker tief in seiner Seele entdeckt, den er gut vor Christian und allen anderen Patienten zu verbergen wusste. Deshalb auch seine recht besserwisserische Art.

„Haben Sie sonst noch einen Wunsch, Mylord?“

Rina sah ihn mit ihren großen Augen an.

„Nein, das wäre alles. Außer …“

Das Dienstmädchen blieb stehen.

„Nehmen Sie sich doch einen Keks. Ich werde vermutlich keinen essen, und es wäre schade, wenn sie trocken würden.“

Es war als eine kleine Wiedergutmachung gedacht.

Rinas Blick wanderte unsicher zwischen ihm und dem Silberteller mit Keksen darauf.

„Na los, machen Sie schon. Es ist nichts dabei.“

„Danke, Mylord.“

Sie griff nach einem der Gebäckstücke und machte einen höflichen Knicks, ehe sie zur Tür seines Gemaches ging.

An der Tür wäre sie fast mit Eloise zusammengestoßen, die gerade das Zimmer betrat.

Wieder machte Rina einen höflichen Knicks und verschwand.

„Eloise, schön, dass Sie meine Einladung nicht so schändlich verstreichen lassen haben wie ich Ihre“, rief er und winkte sie zu der Ottomane, auf der er lag, die in der Nähe der Fenster stand.

Auch eine Aufmerksamkeit seiner Schwester, die ihm dieses Möbel in seine Gemächer hatte bringen lassen, damit er nicht den ganzen Tag im Bett verbringen musste.

Vor ihm stand der Servierwagen mit dem Tee und an seiner Seite ein Stuhl für die Miss.

„Wie hätte ich nicht kommen können, Christian?“

Eloise ließ sich auf dem Stuhl nieder und legte ihre Hände ineinander. Sie hatte immer noch dieses graue Kleid an, aus dessen Tasche nun die Ecke eines Buches ragte. Ledergebunden und offensichtlich alt, denn es war nicht mehr im besten Zustand.

„Sie müssen entschuldigen, dass ich etwas spät bin. Aber ich musste mit dem Butler noch klären, wie der Brief aufgegeben werden muss.“

„Sie haben Ihrem Vater geschrieben?“

Sie sah ihn erstaunt an. „Selbstverständlich. Das habe ich Ihnen doch versprochen.“

Ein Lächeln huschte über seine Lippen. Es freute ihn, das zu hören. Ein kleiner Hoffnungsschimmer erreichte sein Herz, den er sich aber sofort wieder verbat. Wie oft hatte er gehofft, und wie oft war er enttäuscht worden?

Christian hatte aufgehört zu zählen.

Möglichst um einen unbekümmerten Ton bemüht, sagte er: „Sie sehen, ich habe mich für Sie sogar in Schale geworfen.“

Ihr Blick glitt über ihn.

Eine Decke lag über seinen nackten Beinen, denn er war immer noch in seinem Nachthemd. Aber darüber trug er seinen Hausmantel. Zumindest diesen hatte er sich von seinem Kammerdiener anziehen lassen.

„Es ist blaue Seide und sehen Sie sich die aufwändige Stickerei meines Monograms an. Ich würde sagen, ein würdiger Aufzug für eine Teegesellschaft. Auch die Decke ist aus Kaschmir."

Er strich mit seinen Händen über die weiche Textur der Decke.

„Ich hätte auch mit Ihnen Tee getrunken, wenn Sie immer noch in Ihrem Bett wären."

„Doch nicht um diese Uhrzeit." Er schüttelte den Kopf, als wenn ihre Idee vollkommen undenkbar wäre. „Wobei, Sie haben recht. Wenn ich Ihr Strumpfband gewonnen haben sollte, würde ich es sorgfältig zusammenlegen und hier in meine Brusttasche stecken. Ein kleines Stück müsste heraushängen. Meinen Sie nicht, dass würde mir in diesem Aufzug ein leicht frivoles Aussehen verleihen?"

„Wollen Sie frivol sein, Christian?"

„Ich denke besser der frivole Lord als der elende Kranke. Oder was meinen Sie?"

Ihr ernstes Gesicht ließ das Grinsen von seinen Lippen weichen.

„Ich kann Ihnen nichts vormachen, oder? Sie ahnen, wie sehr ich mich schäme, mich so vor einer Miss zu zeigen. Richtig?"

Sie sah auf ihre Hände, dabei fiel wieder die Buchecke in seinen Blick.

„Es gibt nichts, wofür Sie sich schämen müssten, Christian."

Er fuhr sich durch seine Haare.

„Ich würde Sie viel lieber in einem anständigen Anzug empfangen. Sie wissen schon mit einer gebundenen Krawatte und einer schönen Nadel mit Perlenkopf darin.

Sein Sie ehrlich, würde Ihnen das nicht viel besser gefallen?"

Ihre Miene blieb unbewegt.

„Dann wäre ich wahrscheinlich nicht hier." Sie atmete tief aus.

„Und was, wenn ich ein krankes Tantchen hätte, um die sie sich kümmern würden. Würde es Ihnen dann gefallen, mit mir Ihren Tee einzunehmen?"

Ihre Zunge schnellte vor und leckte über ihre Unterlippe.

„Christian, …"

Nein, er wollte keine Absage aus ihrem Mund hören. In seinem Zustand ertrug er keine Niederlage.

„Aber dann säßen wir auch nicht hier in meinen Gemächern", redete er weiter: „Denn sonst würde ich …"

Ihr Daumen strich nervös über ihren anderen Finger.

„Vergessen Sie es. Lassen Sie uns das Thema wechseln, bevor ich Sie noch zu Dingen verleite, die wir beide später bereuen könnten."

Er würde ihr nicht sagen, dass, wenn die Dinge anders lägen, er den Drang in sich spüren würde sie zu berühren. Ihr Gesicht, ihre Arme und andere Stellen an ihrem reizenden Körper. Und sein einziger Wunsch - ein Kuss von ihr. Nicht auf die Stirn, sondern auf diese Lippen.

Aber diese Vorstellung blieb sein Geheimnis.

~~~

„Bitte, möchten Sie nicht Ihren Tee trinken? Auch die Kekse - bedienen Sie sich."
~~~

Christian deutete auf die feine Porzellan Tasse vor Eloise auf dem Servierwagen und den silbernen Teller mit Gebäck.

„Dieses Mal kann ich Ihnen einen Keks anbieten." Wieder grinste er.

Sie griff nach der Tasse, die aufgemalte Efeuranken und einen schmalen Goldrand an der Kante besaß.

„Worüber möchten Sie plaudern, Eloise?"

„Oh, da bin ich offen."

Sie wusste nicht, worüber Herren gern plauderten. Ihre anderen Schützlinge waren meist Damen in gehobenerem Alter gewesen.

„Es gibt da eine Frage, die mich brennend interessiert."

„Welche, Christian?"

„Wer ist Finnegan?"

Sie hatte die Tasse an ihren Mund angesetzt. Sie spürte das Porzellan bereits an ihren Lippen, und der angenehme herb-süßliche Duft des Tees stieg in ihre Nase. Sie zögerte einen Moment, ehe sie an dem warmen Getränk nippte. „Wie ich Ihnen bereits sagte, es ist eine Figur aus einem Roman, den ich einmal gelesen habe."

„Ich würde eher sagen, den sie einige Male gelesen haben."

Klirrend setzte ihre Tasse auf dem Unterteller auf. „Woher - ich meine, wie meinen Sie das?"

Er zuckte mit den Schultern und griff selbst nach seiner Tasse samt Untersatz. „Es gibt nicht viele Bücher, die ich mit mir herumtragen würde."

Erschrocken blickte sie auf ihre Rocktasche und schob das Buch tiefer hinein.

„Kommen Sie, so etwas Unanständiges wird es doch nicht sein. Nicht, wenn Sie es als Kind bereits gelesen haben. Oder haben Sie sich verbotenerweise am Schrank Ihrer Eltern bedient?“

„Nein, das habe ich nicht.“ Seine Worte brachten sie dazu, so zu fühlen, als wenn sie sich verteidigen müsste. Ihr Ton viel zu harsch.

Sofort schnellten seine Augenbrauen in die Höhe. Natürlich, sie war immer noch seine Angestellte, auch wenn sie hier so nett zusammensaßen und plauderten.

Sie nahm noch etwas Tee, der sich fast nicht herunterschlucken ließ. Sie hatte das Gefühl, als wenn sich die Flüssigkeit langsam ihren Hals hinunter in ihren Magen arbeitete und das auch noch recht schmerzhaft.

„Es tut mir leid, Mylord.“ Ihre Stimme klang krächzend immer noch von dem widerwilligen Tee.

„Fangen Sie schon wieder damit an?“

Sie kniff für einen Moment die Augen zusammen.

Fassung.

Dieses Gespräch sollte nicht in eine falsche Richtung gehen. Dieser Mann brauchte ihre Hilfe, und sie wollte nicht riskieren, herausgeworfen zu werden. Nicht bevor …

Sie presste ihre Lippen aufeinander und sah zu dem Fenster herüber und dem Baum, den man von hier aus sah. Seine Blätter tanzten im Sonnenlicht und ließen die Schatten, die ins Zimmer fielen, immer wieder in anderen Formen erscheinen.

„Es tut mir leid, wenn ich etwas gesagt habe, dass Sie verletzt hat, Eloise. Wenn es Ihnen lieber ist, sagen Sie ruhig wieder Mylord. Ich dachte, anders wäre es angenehmer für uns beide. Aber wenn dem nicht so ist, werde ich Sie nicht zwingen.“

Er war ungewohnt ernst.

„Nein, das ist es nicht." Ihre Stimme war leise. Nie hatte sie mit jemand über Finnegan geredet und jetzt, wo er sie fragte, kam sie sich so unbedarft vor.

„Wollen Sie mit mir darüber reden? Ich verspreche Ihnen auch, dass alles, was Sie mir erzählen, unter uns bleibt. Außer, es wäre nicht vertretbar."

Sie schmunzelte zaghaft. Er zielte auf ihr erstes Gespräch ab.

„Ich werde nicht ungebührlich in Sie dringen. Wenn Sie nicht darüber reden wollen, werde ich es respektieren."

Sie stellte ihre Tasse ab. Sein Blick verfolgte genau jede ihrer Bewegungen.

Sie griff in ihre Tasche und zog langsam das Buch hervor. Ihre Magengegend zog sich zusammen, als wenn sie dabei war, sich vor seinen Augen auszuziehen. So kam es ihr zumindest vor.

Sie hielt das Buch in Händen, und wieder fiel ihr der Titel ins Auge: *Die Pflegerin und der Soldat.*

„Bitte, Sie dürfen mich aber nicht auslachen."

„Machen Sie Witze? Ein Mann, der Ihnen auf vollkommen ungalante Weise vom Pferd direkt vor Ihre Füße fällt? Von anderen Dingen will ich jetzt gar nicht reden. Wie meiner Aufmachung zum Beispiel."

„Aber immerhin, Sie haben eine wunderschöne Kaschmirdecke, worunter Sie das meiste verbergen können." Sie versuchte, ein Lächeln auf ihre Lippen zu bringen.

Er seufzte. „Es tut mir leid, aber auf der Ottomane ist nicht genug Platz. Sonst würde ich Ihnen hier eine Ecke unter der Decke anbieten. Darunter lässt sich einiges verstecken, auch eine ganze Masse an Peinlichkeit."

Ihr war nicht nach Lachen, aber seine Worte ließen ihr gar keine andere Wahl.

Er machte ein entsetztes Gesicht. „Ich soll nicht lachen, aber Sie tun es über mich?“ Er stellte seine Tasse auf den Tisch und verschränkte die Arme vor der Brust. „Ich bin jetzt wirklich ernsthaft beleidigt.“

Die Art, wie er es sagte, ließ sie nur noch mehr lachen. „Oh Gott. Es tut mir leid, Christian.“

„Ach, was soll's, vergessen Sie meine verletzten Gefühle. So gefallen Sie mir viel besser. Also, welches Geheimnis rankt sich um Finnegan?“

„Es ist - die Geschichte geht um eine Pflegerin, die sich um einen verwundeten Soldaten kümmert.“

„Finnegan nehme ich an?“

Sie nickte.

„Sie hilft ihm, wieder ins Leben zurückzufinden, und er …“

Für einen Moment erstarb ihre Stimme.

Christian lächelte milde. „Er verliebt sich in sie?“

„Er hilft ihr, mit einer großen Schuld klarzukommen, die sie lange mit sich getragen hat. Und ja, später verlieben sie sich ineinander.“

Kapitel 4:

„Und darauf haben Sie beschlossen, dass Sie auch Pflegerin werden?“, fragte er. Sie blickte lange vor sich hin auf den Boden. Vielleicht auf das Muster des Teppichs oder etwas Ähnliches.

„Nein, deswegen nicht.“

„Ach, ich hätte es eigentlich vermutet.“

„Meine Mutter war Pflegerin.“

Dadurch, wie sie dieses *war,* betonte, wusste er, dass sie nicht mehr lebte. „Das tut mir leid.“

Um nicht weiter an dieser schmerzlichen Erinnerung zu rühren, wechselte er das Thema. „Aber etwas verliebt in Finnegan waren Sie auch, oder?“

Wieder erschien ein schwaches Lächeln auf ihren Lippen.

„Ich hatte immer gedacht, dass er irgendwann auch für mich kommt.“

„Finnegan. Sie wollten gern einen gut aussehenden Mann in Ihrem Leben?“ Er konnte nur hoffen, dass er nicht so eitel klang, wie er sich fühlte. „Sicher haben Sie ihn sich nicht gewünscht, weil Sie eine solche Last zu tragen haben.“

Eigentlich witzelte er, aber ihr Schweigen ließ ihn auch wieder ernst werden. „Sie waren vierzehn. Welche Schuld soll ein so junges Mädchen tragen?“

Ruckartig sah sie auf. Ihre Augen glitzerten feucht. Das Buch hielt sie in ihren Armen und presste es an sich.

„Eloise?“

„Ich bin schuld, dass jemand nicht mehr lebt.“

Hätte sie ihm das ganze Teeservice vor den Kopf geworfen, er hätte sich sicher nicht so erschüttert gefühlt wie in diesem Augenblick. Nie hatte er eine solche gedankliche Stille verspürt wie jetzt, wo er das Gefühl hatte, er sollte etwas sagen.

Irgendwas.

Plötzlich sprang sie auf, dass der Stuhl, auf dem sie saß, hintenüberfiel und rannte schluchzend aus dem Zimmer.

„Eloise! - Warten Sie! - Miss Padgett!“

Doch auch seine Rufe blieben ohne jegliche Wirkung bei ihr.

Er konnte sie unmöglich in dieser Situation allein lassen. Nicht so aufgewühlt und unter Tränen. Er schlug die Decke zurück und raffte sich auf. Er sah hinter sich zu dem Strick der Hausklingel, das natürlich wieder unendlich weit von ihm entfernt war.

Christian seufzte und erhob sich. Wenn Beine zum Laufen da waren, fragte er sich, warum seine sich für ihn anfühlten wie einer dieser Puddings.

Schwerfällig bewegte er sich von der Ottomane zu seinem Bett. Christian stützte sich an einen der Bettpfosten, ging dann weiter um das Bett herum und zog an der geflochtenen Schnur.

Erschöpft und schwer atmend setzte er sich auf die Bettkante neben der Klingel.

Es dauerte nicht lange, bis Rina die Tür öffnete.

„Mylord, was ist mit Ihnen? Geht es Ihnen nicht gut? Soll ich nach dem Doktor schicken lassen?"

Er schüttelte nur den Kopf und merkte, wie feucht seine Stirn geworden war.

„Nein, Rina. Ich habe einen etwas derben Witz Miss Padgett gegenüber gemacht, der sie ungewollt verletzt hat. Würden Sie meine Schwester bitten, nach ihr zu schauen und ihr meine tiefempfundene Entschuldigung mitzuteilen. Sie soll die Miss bitten, zurückzukommen und ihr Buch wieder mitzubringen. Würden Sie das tun, Rina?"

Das Dienstmädchen blickte ihn voller Bedauern an. „Aber Mylord. Miss Gracie ist ausgegangen."

Er fuhr sich über die Stirn. „Stimmt. Das hatte sie mir gesagt."

Er würde sicher nicht den Weg schaffen bis zu Eloises Zimmer. Verdammter Zustand, in dem er sich befand.

„Wenn Mylord wünschen, könnte ich, ..."

Als er aufblickte, verstummte das Mädchen erschrocken.

„Würden Sie das tun, Rina?"

Schüchtern sah sie zu Boden, und ein Lächeln erschien auf ihren Lippen. „Ja, Mylord. Selbstverständlich."

„Dann beeilen Sie sich. Miss Padgett soll nicht so lange allein sein."

Das Dienstmädchen machte einen Knicks und eilte davon.

Christian schüttelte über sich den Kopf. Was für ein Thema hatte er da nur angeschnitten?

~~~
~~~

„Er wird dich verachten!“ Eloise presste ihr Gesicht in ihr Kissen. Sie weinte immer noch. Um keinen Preis hätte sie länger bei dem Lord bleiben können, auch wenn sie vor Scham verging.

Was sollte er jetzt nur von ihr denken? Warum hatte sie ihm überhaupt über Finnegan und das Buch ihrer Mutter erzählt?

Bevor sie weitere düstere Gedanken fassen konnte, klopfte es an der Tür.

Erschrocken fuhr sie hoch. „Wer ist da?“

Voller Schreck glaubte sie, dass es der Lord sein könnte, der ihr gefolgt war.

Aber eine zarte Frauenstimme ertönte. „Miss Padgett? Der Lord schickt mich. Darf ich hereinkommen?“

Es war nicht die Stimme seiner Schwester, und außer ihr kannte Eloise bis auf den Lord niemand im Haus.

„Ja?“, rief sie unsicher.

Die Tür wurde geöffnet und ein Dienstmädchen trat ein. Eloise erkannte sie sofort an dem dunklen Aufzug, der Schürze und dem weißen Häubchen.

„Miss, seine Lordschaft schickt mich, Ihnen zu sagen, dass es ihm leidtut.“

„Es tut ihm leid?“ Eloise war irritiert. Was sollte es geben, für das er sich entschuldigen sollte und dafür auch noch das Hausmädchen schickte?

„Verzeihung Miss, ich habe mich noch gar nicht vorgestellt. Ich bin Rina.“

Eloise nickte und merkte bereits, wie die nächste Welle an Tränen sie erfasste. Es fühlte sich an, als wenn sie bereit war, für alles und jeden zu weinen.

„Bitte, Miss. Der Lord entschuldigt sich vielmals wegen seines Witzes. Sie dürfen nicht denken, dass er ein schlechter Mensch ist. Er ist … er hat seit einiger Zeit einen recht außergewöhnlichen Humor. Aber er ist ein guter Herr. Ich habe auch noch nie Klagen über ihn vom Personal gehört."

Hastig griff Rina in ihre Schürze. „Hier den Keks hat er mir heute Nachmittag geschenkt, als ich den Tee serviert habe. Möchten Sie ihn vielleicht haben?"

Eloise schüttelte den Kopf, da sie unter den Tränen nicht sprechen konnte.

Rina ließ den Keks wieder in ihrer Tasche verschwinden. „Bitte, Miss. Sein Sie nicht mehr traurig. Der Lord hat es wirklich nicht so gemeint. Es ist nur, weil er krank ist. Da ist er manchmal etwas ungerecht."

Nichts, was er getan hatte, war ungerecht gewesen. Es gab nichts, aber auch wirklich gar nichts, was sie ihm vorwerfen konnte. Umso mehr, was sie sich selbst vorwarf, teilweise schon jahrelang.

Dinge, die auch Gründe waren, warum sie nicht wieder zurück in die Apotheke wollte, obwohl sie wusste, dass ihr Vater ihr altes Zimmer jederzeit für sie bereithielt. Seit Finnegan in der Apotheke aufgekreuzt war, hatte sie davon geträumt, endlich auch alt genug zu sein, um irgendwo in Anstellung zu gehen. Neben ihren Träumen von Finnegan.

Ihre Tränen ließen etwas nach, als sie daran dachte, wie sie ihren Vater um ein leeres Buch gebeten hatte. Er hatte ihr eines aus der Apotheke gegeben. Vermutlich hatte er es eigentlich für die Buchführung nutzen wollen.

Aber sie hatte es Seite um Seite mit Liebesbriefen an Finnegan gefüllt und mit der passenden Antwort von ihm. Jedenfalls so, wie sie sich seine Briefe vorgestellt hatte. Auch dieses Buch war in ihrer Tasche. Sie hatte lange nicht mehr hineingesehen, weil sie wusste, dass es der Unsinn war, den sich eine Vierzehnjährige zusammengesponnen hatte.

„Sehen Sie, Miss. Es ist doch alles nicht so schlimm." Rina schien erleichtert. Eloises Tränen waren versiegt. Nicht aber der Kummer in ihr. Sie wusste, er würde weiter bleiben. Sie weiterverfolgen. Egal, wo sie hinging.

„Miss Padgett. Der Lord bat mich, Ihnen auch noch auszurichten, dass er Sie bittet, zurückzukommen und ein Buch mitzubringen. Ich weiß nicht, welches er meint."

„Schon gut, ich weiß, an welches er denkt." Eloise setzte sich auf und wischte die Tränen aus ihrem Gesicht. „Sagen Sie dem Lord, dass ich gleich komme."

Sie ging vor den kargen Frisiertisch, auf dem lediglich eine Bürste von ihr lag. Ihr Spiegelbild hatte rotgesprenkelte Wangen von den salzigen Tränen. Sie fuhr sich mit der Hand schnell über die noch feuchte Haut.

„Sehr wohl, Miss. Ich richte es ihm aus. Es wird ihn beruhigen, er war sehr besorgt wegen Ihnen."

Rina verschwand aus dem Zimmer und schloss leise hinter sich die Tür. Eloise versuchte, ihre Haare wieder zu richten und ordentlich in dem Knoten zusammenzubringen.

Noch einmal sah sie sich prüfend an. Ob sie ihr ähnlich sah? Ein Gedanke, der ihr immer wieder durch den Kopf ging. Ob ihre Mutter damals genauso ausgesehen hatte?

Eloise wusste es nicht, und sie würde es nicht erfahren.

Wenige Minuten später fand sie sich wieder bei Christian ein.

Er saß auf seiner Ottomane. Die Beine hochgelegt und die Decke über sich.

„Eloise, da sind Sie ja wieder." Es klang fast so, als wenn er sich freute, sie wiederzusehen. Kaum vorstellbar nach ihrem letzten Kommentar, ehe sie fluchtartig das Zimmer verlassen hatte.

„Ich möchte mich für mein Verhalten entschuldigen." Sie hatte ihre Hände ineinandergelegt und stand vor ihm.

„Sie haben mich noch nicht während einer dieser Anfälle erlebt. Ich würde auch so wegrennen, wenn ich könnte."

Eloise war erleichtert, dass er ihr Betragen nicht übelnahm.

„Bevor Sie jetzt glauben, Doktor Blake recht geben zu müssen in seinen Ansichten über mich, denke ich, dass ich Ihnen meinen Satz erklären sollte."

Er nickte und machte ihr eine Geste, sich wieder auf den Stuhl zu setzen, auf dem sie auch schon zuvor gesessen hatte.

„Ich habe von meiner Mutter geredet. Sie ist bei meiner Geburt gestorben, und … ich wünsche nicht, weiter über das Thema zu reden, wenn es möglich ist."

Christian presste seine Lippen aufeinander und nickte.

Sie ließ sich wieder bei ihm nieder und sah auf ihre nun mehr kalte Tasse Tee.

„Ist es zu viel verlangt, wenn ich Sie fragen würde, ob Sie mir etwas von der Geschichte um Finnegan heute Abend vorlesen würden?"

Zögerlich schüttelte sie den Kopf. „Es ist aber vielleicht in Ihren Augen kitschig."

„Etwas heile Welt sollte mir doch guttun oder was meinen Sie als Apothekerstochter?" Er zwinkerte ihr zu.

„Ja, das würde es sicherlich, Christian."

~~~

Christian sah, wie Eloises Blick immer wieder von den Seiten des Buches zur Tür ging. Er wusste, dass sie auf die Antwort ihres Vaters wartete, und ihm ging es ähnlich.

Er hoffte nicht darauf, dass es irgendeine positive Nachricht enthielt oder gar das Wunder, worauf er so hoffte: Auf etwas, das seinen Zustand verbessern würde.

Dieser Gedanke kam ihm mittlerweile so unmöglich vor, als wenn er im Sommer auf Schnee wartete.

Aber trotzdem war da dieser Teil in ihm, der wider jede Vernunft hoffte, der sich an jeden Funken klammerte.

Eloise seufzte und las weiter.

„Sie warten auf den Brief?“, sagte er, da sie an einer komplett falschen Stelle der Geschichte wieder einsetzte.

Sie sah auf und blickte ihn aus ihren braunen Augen an. Erst jetzt merkte er, dass sich auch einige goldene Fäden durch ihre Iris zogen. Gern hätte er sie sich noch weiter aus der Nähe betrachtet, wusste aber, dass es weder möglich noch dem Anstand gebieten würde.

„Ja, Christian. Ich hatte gehofft, dass er diesen Morgen eintreffen würde.“

Sie saß wieder an der Seite seiner Ottomane. Heute war ihm nicht danach gewesen, den Morgen im Bett zu bleiben. Die Nacht war ruhig verlaufen, ohne Zwischenfälle. Vielleicht, so ging es ihm durch den Kopf, konnte er sich zum Lunch von seinem Kammerdiener ankleiden lassen. Eloise würde sicher Augen machen, ihn in einem seiner Anzüge zu sehen.
~~~

Nicht, dass Christian eitel war, aber ordentlich angekleidet, würde er mehr ihrem Bild von dem Finnegan von damals aus der Apotheke entsprechen. Und er wäre gern der Mann von damals gewesen. Jung und gut aussehend. Er wusste, dass er damals eine gewisse Anziehung auf Damen ausgeübt hatte. Mütter, die in ihm den perfekten Schwiegersohn gesehen hatten, und Misses, die gern einen Tanz mit ihm getanzt hätten.

Nach einem Anfall hatte er sich im Spiegel gesehen und war erschrocken. Er hatte ausgesehen wie ein Schlossgespenst. Weißes Nachthemd, sein Gesicht, kreidebleich und dunkle Ringe unter den Augen. Darauf hatte er alle Spiegel aus seinem Schlafgemach verbannen lassen.

Jede Dame, die damals noch für ihn geschwärmt hatte, hätte bei diesem Anblick Reißaus genommen.

Seine Vermutung ging in die Richtung, dass sich sein Aussehen eher noch verschlimmert hatte als verbessert.

Aber Eloise saß hier mit ihm. Erst heute Morgen, als sie zu ihm gekommen war und sich nach seinem Befinden erkundigt hatte, hatte sie seine Hand getätschelt.

Christians Blick fiel wieder auf Eloise, die zur Tür sah. Ob ihre Freundlichkeit ihr normales Verhalten gegenüber ihren Schützlingen war oder ob noch etwas von der Schwärmerei übrig war, die sie damals für ihn empfunden haben mochte?

Gern hätte er sie gefragt. Aber selbst er in seinem Zustand wusste, dass es unmöglich war, diese Frage zu stellen.

„Der Brief wird sicher bald eintreffen“, sagte er und nutzte die Gelegenheit seine Hand auf ihren Unterarm zu legen.

Sie lächelte unsicher. „Ja, Sie werden recht haben.“

Plötzlich waren Schritte auf dem Flur zu hören.

„Da ist jemand“, sagte Eloise, und er musste ein Lachen unterdrücken. Das wären genau die Worte, die eigentlich in eine ganz andere Szene gepasst hätten als diese.

Für den Bruchteil einer Sekunde sah er Bilder vor sich, wie Eloise in seinen Armen gelegen hätte, seine Lippen auf ihre gepresst. Mit einem Mal wäre sie zurückgescheut und hätte ihn ängstlich angeblickt. „Da ist jemand.“ Es wäre nur ein Wispern auf ihren Lippen gewesen, von denen er gern noch einen Kuss gestohlen hätte. Ein letztes Mal, bevor sie hastig auseinandergesprungen wären.

Die Tür wurde geöffnet und Rina kam ins Zimmer. Höflich machte sie einen Knicks. „Mylord. Miss Padgett ein Brief für Sie.“

Eloise sprang auf, dass der Stuhl wieder gefährlich ins Wanken kam.

„Ich danke Ihnen, Rina“, rief sie glücklich und nahm den Umschlag von dem silbernen Tablett.

Rina machte einen verwunderten Gesichtsausdruck. „Gern, Miss.“

Der Blick des Dienstmädchens traf seinen und Röte stieg in ihre Wangen. Scheinbar war ihr der Überschwang von Miss Padgett peinlich.

„Rina, kommen Sie einmal her.“ Er griff nach dem silbernen Teller mit Gebäck und hielt ihn dem Dienstmädchen hin.

„Irgendjemand in diesem Haus scheint der Ansicht zu sein, dass man Tee nicht ohne Gebäck servieren kann, auch wenn es noch vor dem Lunch ist. Möchten Sie vielleicht zwei? Die Köchin wäre sicher sehr beleidigt, wenn der Teller unberührt in die Küche zurückginge.“

Das Dienstmädchen machte einige unsichere Schritte auf ihn zu. „Aber, Mylord. Ich habe doch schon gestern …"

„Wollen Sie die Köchin beleidigen? Ich nicht. Sonst muss die arme Miss Padgett all die Kekse essen."

Auf den Lippen des Mädchens zeigte sich ein schüchternes Lächeln. „Zwei, Mylord?"

„Unbedingt."

Sie biss sich auf die Unterlippe und griff nach zwei Keksen, die sie umgehend in der Tasche ihrer Schürze verschwinden ließ. Vermutlich war das arme Kleidungsstück am Ende des Tages völlig verkrümelt.

„Danke, Mylord." Sie machte erneut einen Knicks und verschwand aus dem Gemach. Er mochte die kleine Rina. Sie war nett, anständig und wurde von dem Butler, wie er wusste, viel zu streng behandelt. Eine kleine Freude hin und wieder konnte doch nicht schaden.

Sein Blick fiel wieder auf Eloise. Diese sah immer noch angespannt auf den Brief.

„Und was schreibt Ihr Vater?"

Eloise sah auf und lächelte ihn strahlend an. „Ich hatte recht." Sie tippte mit den Fingern vor das Blatt Papier in ihren Händen.

„Oh, das freut mich." Christian klatschte in die Hände.

Eloise kam schnell an die Seite der Ottomane gelaufen und las ihm vor:

„Liebe Eloise - gut als Erstes kommt etwas, das für Sie nicht von Interesse ist, aber hier - *ich habe mir alles, was du geschrieben hast, mehrfach durchgelesen und muss dir recht geben. Die Verabreichung der drei Magenmittel macht keinen Sinn. Ich war sogar im örtlichen Pub, um mit Doktor Howard darüber zu reden. Er war meiner Meinung. Er würde übrigens genauso wie ich, nur auf das von dir erwähnte Mittel setzen. Die anderen können es seiner Meinung nach in seiner*

Wirkung noch behindern. Und Liebling, verabreiche deinem Schützling bitte nur das Laudanum, wenn es die Situation wirklich erfordert. Auch Doktor Howard war der Meinung, dass es einer so starken Dosierung in diesem Fall nicht benötigt. Außerdem habe ich dir noch ein Pillenrezept mitgeschickt, dass deinem Schützling helfen sollte. Lass es dir in der örtlichen Apotheke anfertigen. Es sollte helfen, die Krämpfe schneller zu lösen - Sind das nicht hervorragende Nachrichten, Christian?"

Er nickte.

„Ich werde sofort jemand hier in die Apotheke schicken. Nein - besser: Ich gehe selbst. So weit wird es nicht sein."

„Eloise, warten Sie."

Verwundert hielt sie inne. „Aber was ist denn, Christian?"

„Haben Sie nicht etwas vergessen?"

Er konnte sehen, wie sie in Gedanken alle möglichen Sachen durchdachte.

„Miss Padgett, wir haben eine Wette laufen. Sie sind mir meinen Gewinn schuldig."

Er verschränkte amüsiert seine Arme vor der Brust.

„Was meinen Sie?"

„Das Strumpfband. Ich will meinen Gewinn. *Jetzt.*"

Röte kroch in ihre Wangen. „Aber es war doch ein Scherz."

„Bitte, Miss Padgett. Sie wissen doch hoffentlich, Wettschulden sind Ehrenschulden. Sie wollen doch nicht kneifen?"

Ihr Blick ging an ihrem Rock herunter. „Ich gebe es Ihnen heute Abend."

„Nein, jetzt. Nachher geben Sie mir irgendein Band. Oder verlassen das Haus nur, um die Wette nicht erfüllen zu müssen. Nein, darauf lasse ich mich nicht ein."

Suchend sah sie sich um. „In Ordnung, aber ich gehe kurz dort drüben hin."

Sie deutete auf das Bett. Sie hoffte, hinter einem der Vorhänge des Himmelbettes zu verschwinden.

„Nein, warum machen Sie es nicht einfach hier?"

Nun wurde Sie noch röter. „Hier? Vor Ihnen?"

„Ich muss sicher gehen, dass Sie mich nicht übers Ohr hauen."

„Sie wollen nur einen Blick unter meinen Rock erhaschen."

„Das würde ich niemals tun."

Sie stemmte die Hände in die Seiten und sah ihn mit einem strafenden Blick an.

„Schön, Sie wollen das Strumpfband, und Sie wollen sicher sein, dass es echt ist?"

Christian nickte gespielt ernst. Er liebte diese kleinen Neckereien zwischen ihnen.

„In Ordnung. Auf Ihre Verantwortung."

Christian fiel nichts ein, was es zu verantworten gebe. Er sah Eloise dabei zu, wie sie ihre dunklen Schuhe abstreifte und auf Socken zu der Ottomane kam.

Er zog seine Augenbrauen zusammen, da er keine Ahnung hatte, was sie genau vorhatte.

Sie warf ihm wieder diesen Blick zu. Es war eine Mischung aus Stolz und Trotzigkeit.

Zu seiner Überraschung raffte sie den Rock in die Höhe und setzte ihren Fuß auf die Sitzfläche der Ottomane, direkt auf Höhe seiner Hüfte. Dann griff sie in den Rock und zog ihn langsam höher. Er sah nur ihre Waden, dann ihre Unterschenkel und ihre Knie.

Christian hatte nicht damit gerechnet, dass sie zu dieser Jahreszeit noch Strümpfe trug, die bis zur Mitte ihres Oberschenkels reichten. Gracie bevorzugte die, die nur bis ans Knie reichten. Er hatte sie oft genug in unachtsamen Momenten seiner Schwester gesehen, wenn sie sich unbeobachtet glaubte und noch einmal ihr Strumpfband richtete.

Eloise raffte den Rock, das letzte Stück nach oben, und für einen winzig kleinen Moment konnte er die zarte Haut ihres Schenkels und der Rundung ihres Gesäßes sehen.

Ihm stockte der Atem.

Eloise öffnete die kleine Schleife, die das Band um ihren Oberschenkel fixierte, und zog es hervor.

Das Band glitt über die Innenseite ihres Schenkels, und er wünschte sich, es wären seine Finger, die diese Stelle berühren dürften.

„Immerhin haben Sie Farbe bekommen", sagte sie, nahm ihren Fuß wieder von dem Polster, und ihr Rock glitt herunter. Das Band hielt sie ihm entgegen. Es war blauer Satin und fühlte sich weich wie ihre Haut zwischen seinen Fingern an.

Er wickelte das Band auf und steckte es in die Brusttasche seines Hausmantels. Ein Stück des Bandes ließ er heraushängen.

„Und, steht mir die Rolle des frivolen Lords?"

„Bitte Christian." Sie griff nach dem Band und stopfte es in die Tasche hinein. „Sie sind ungezogen."

Er packte sie an ihren Oberarmen.

„Ich weiß. Und mit Ihnen ganz besonders."

Ihre Gesichter waren dicht voreinander. Es wäre ein Leichtes, sie jetzt zu küssen. Zu kosten, wie süß ein Kuss von ihren Lippen auf seinen schmeckte.

Er neigte sich vor.

Doch mit Grauen traf ihn der Gedanke, was wenn sie genauso krank würde wie er?

Er schluckte. So sehr er sich auch diesen Kuss wünschen würde, das konnte und wollte er ihr nicht antun.

Er sank zurück in die Kissen in seinem Rücken, und sein Griff um ihre Arme lockerte sich.

Fragend sah sie ihn an. War das Enttäuschung? Hatte sie gehofft, dass er sie küsste?

„Ich danke Ihnen für das Band. Vielleicht ist es angenehmer, Sie lassen die Kutsche einspannen, wenn Sie zu der Apotheke wollen. Der Kutscher kennt den Weg."

Seine Hand glitt über die Brusttasche seiner Jacke.

„Danke, Christian." Sie sah ernst auf den Boden und erhob sich.

Schüchtern lächelte sie ihn an, als sie das Zimmer verließ. Christian wusste tief in sich, er hatte ihre zarten Gefühle erneut verletzt.

~~~

„Lieber Vater,

ich danke dir für deinen Rat. Ich muss sagen, meinem Schützling geht es mit deinem Mittel täglich besser. Seine Fortschritte haben bereits Doktor Blake erstaunt und wahre Bewunderung abgerungen. Ich denke, wir befinden uns auf einem guten Weg.

Der Lord war heute bereits in der Lage, sein Dinner am Tisch zusammen mit seiner Schwester im Speisesaal einzunehmen. Du glaubst nicht, wie viel ihm diese kleine Sache bedeutet. Und ich bin zuversichtlich, dass es die nächsten Tage weitere Fortschritte zu berichten gibt."
~~~

Ein Klopfen an der Tür veranlasste Eloise, von dem Papier aufzusehen. Es war bereits spät und sie konnte sich nicht erklären, wer um diese Zeit etwas von ihr wollen könnte.

Plötzlich wurde das Klopfen zu einem drängenden Hämmern. „Miss Padgett?"

Es war Rina.

Eloise legte die Feder beiseite. „Herein?"

Das Dienstmädchen riss die Tür auf und kam ins Zimmer gelaufen. „Gut, dass Sie noch angezogen sind, Miss. Der Lord. Sie müssen unbedingt kommen. Es geht dem Lord nicht gut."

Rina war den Tränen nahe. „Bitte Miss Padgett, Sie müssen kommen. Schnell."

Sie sprang auf und lief hinter dem Dienstmädchen den Gang herunter. Sie musste ihren Rock hochraffen, um nicht über den Saum zu stolpern. Als sie den Gang erreichten mit den Gemächern des Lords, war bereits ein Stöhnen zu hören.

Schnell atmend erreichte Eloise die Tür. Ihre Hand auf dem Holz des Türrahmens sah sie mit Grauen auf das Bett.

Christian lag in den weißen Laken und wand sich unter Schmerzen. Das Dienstmädchen stand mitten im Zimmer und sah zu ihr herüber. „Was sollen wir tun?"

Eloise stürzte zu dem Bett und ließ sich auf die Knie fallen.

„Christian, ist es wieder ein Anfall?"

Er nickte. Er krümmte sich auf dem Bett zusammen. Seine Stirn feucht.

„Soll ich Miss Bradford wecken und holen?"

„Nicht Gracie", presste Christian hervor und griff nach Eloises Oberarm. Seine Finger bohrten sich so fest in ihr Fleisch, dass sie vor Schmerz das Gesicht verzog.

„Lassen Sie die Miss schlafen. Sie kann hier nicht helfen."

„Aber wir müssen doch etwas tun, Miss. Soll ich nach dem Arzt schicken lassen?"

Christian zog seine Hand von ihrem Arm fort.

„Ja, das ist eine gute Idee, tun Sie das", rief Eloise dem Dienstmädchen zu.

Christian atmete gepresst. Er musste offensichtlich starke Schmerzen haben.

Irgendetwas musste es doch geben, was sie tun konnte. Sie sah auf den Tisch mit den Medikamenten. Sie sprang auf. Hatte ihr Vater nicht geschrieben, dass die Pillen nach seinem Rezept helfen würden gegen die Krämpfe?

Hastig zog sie den Korken aus der Pillenflasche. Ihre Hände zitterten so sehr, dass einige der Pillen zu Boden fielen.

„Hier nehmen Sie das." Sie gab ihm die Pille, die er willig herunterschluckte.

„Verzeihen Sie mir, Eloise."

Ihre Unterlippe bebte. „Verzeihen Sie mir?"

Er sah sie an und kniff die Augen zusammen, als wenn es überhaupt nichts gab, was er ihr anlasten könnte.

„Ich habe nicht genug getan."

Sie sah den mitleidigen Blick in seinen Augen. „Nein, werfen Sie sich das - nicht vor."

Ein neuer Krampf durchfuhr seinen Körper.

Seine Hand griff nach ihrer.

„Ich schaff es nicht. Nicht dieses Mal", brachte er hervor.

Eloise konnte nicht verhindern, dass Tränen aus ihren Augen liefen.

„Nein, du bist stark, Finnegan. Du schaffst das."

Ihr Blick fiel wieder auf das Tischchen und die Flasche Laudanum.

Mühsam zog sie ihre Hand aus seiner hervor und griff nach der Flasche. Sie träufelte etwas auf den Löffel, der daneben lag, und gab es Christian.

„Es wird gleich besser."

Sie strich durch seine Haare. Es dauerte etwas, ehe seine Bewegungen träger wurden.

Sie saß da, hielt seine Hand und strich über seinen Kopf.

„Es wird alles wieder gut. Ich verspreche es dir."

Die Tür schwang auf und Gracie Bradford stand im Nachthemd im Zimmer.

„Was ist mit Christian?". Ihre Stimme war schrill.

„Er hatte einen Anfall." Eloises Antwort war knapp. Ihre Stimme tonlos.

Plötzlich stand auch Doktor Blake in der Tür. „Ist es schlimmer als bei den anderen Malen?"

Eloise zuckte die Schulter. Sie hatte selbst noch keinen miterlebt.

„Ja, Sir", rief Rina, die auch in der Tür stand.

Doktor Blakes Blick fiel auf den Medikamententisch.

„Was ist das da für eine Pillenflasche? Das ist doch nichts, was ich verordnet habe."

Eloise presste die Lippen aufeinander.

Die Augen des Arztes funkelten gefährlich auf. „Sie haben sich in meine Behandlung gemischt. Habe ich recht?"

Sie sah auf Christian, der sie müde ansah. Eloise fühlte sich nicht im Stande, etwas zu sagen.

„Ich habe sie gebeten." Christian hob kurz seinen Kopf und ließ ihn wieder sinken.

Doktor Blake stemmte die Hände in die Seiten. „Dem Lord ging es so gut. Vermutlich sind Sie und Ihr Mittel an diesem Zustand schuld.“

„Travis!“, stieß Gracie erschrocken aus.

„Sie wissen, wie man sowas nennt, Miss Padgett? *Mord.* Wenn der Lord diese Nacht nicht überlebt, wird man Sie hängen.“

Eloise sah auf Christian, der immer noch ihre Hand umfasst hielt.

Gracie Bradford klammerte sich an den Oberarm des Arztes. „Was sagst du?“

„Dass es Mord ist.“

„Verschwinden Sie aus den Gemächern meines Bruders.“ Gracie war unter Tränen, als sie energisch auf die Tür zeigte.

Wieder sah Eloise auf Christian. Seine Augen weiteten sich angsterfüllt. Aber was blieb ihr, als zu gehen? Welches Argument konnte sie bringen?

Sie biss sich auf die Unterlippe und zog ihre Hand aus seiner hervor.

„Ganz, wie Miss wünschen.“ Sie senkte ihren Kopf, was nicht schwer war, denn sie hatte das Gefühl, die Schuld drücke sie zu Boden.

Eloise machte einen Schritt, als sie einen Widerstand bemerkte. Christians Hand hatte sich in den Stoff ihres Rockes gekrallt.

„Bitte, Miss Bradford. Lassen Sie mich heute Nacht hier. Ihr Bruder braucht mich.“

Gracie sah auf die Hand ihres Bruders. „Gut, aber nur, wenn Rina auch hier bleibt.“

Das Dienstmädchen machte einen Knicks und sah unsicher zu Eloise herüber.

„Ich danke Ihnen, Miss.“ Sie sank zurück auf ihre Knie und legte ihren Arm um Christian.

Doktor Blake verließ zusammen mit Gracie Bradford das Zimmer.

„Ich habe ihm nur ein Mittel gegeben, das mein Vater, ein Apotheker, als hilfreich angesehen hat." Sie sah zu dem Dienstmädchen herüber. Diese nickte. „Ich mache Ihnen keinen Vorwurf, Miss. Jeder weiß, wie schlimm es um den Lord steht. Doktor Blake - er hat es sicher nur wegen der jungen Miss gesagt."

Was ihr sicher noch mehr Angst eingejagt hatte.

„Wenn Sie nichts dagegen haben, setze ich mich auf die Ottomane des Lords."

Rina schien die Rolle als Aufpasserin gar nicht zu gefallen. Leise ging sie zu dem Möbel herüber und nahm Platz.

Eloise strich über das Haar von Christian. Sie wusste nicht, was sie sagen sollte, also lehnte sie sich vor und küsste seine Stirn.

„Ich - liebe - dich." Es war nur ein Flüstern, aber genug, dass sie es hören konnte. Erstaunt sah sie Christian an. Ein mattes Lächeln auf den Lippen.

Sie ergriff seine Hand und hielt sie mit ihren beiden umfasst, als sie sah, wie sich seine andere Hand für einen Moment öffnete. Was sie darin sah, verblüffte sie. Denn was er in der Hand hielt, war - ihr Strumpfband.

Kapitel 5:

Ein Stöhnen kam über seine Lippen. Er versuchte, seine Augen zu öffnen, als ein greller Lichtstrahl auf ihn fiel. Christian musste blinzeln. Irgendjemand hatte die Vorhänge bereits geöffnet. Oder hatte man sie am vergangenen Abend gar nicht geschlossen?

Mit voller Wucht trafen ihn wieder die Erinnerungen an den vergangenen Abend, die Tränen seiner Schwester und die von Eloise.

Eloise!

Er sah sich um und bemerkte sie neben seinem Bett auf dem Boden sitzen. Ihre Hand lag immer noch lose auf seiner. Sie war eingeschlafen.

Mühsam drehte er sich. „Hey, Eloise?"

Er sah wieder zu der Ottomane herüber, auf deren Rückenlehne Rinas Kopf lag. Auch sie schien zu schlafen.

„Eloise?" Sanft erhöhte er den Druck auf ihre Hand.

Ein Zucken ging durch ihren Körper.

„Was? Christian?"

Verschlafen rieb sie sich über die Augen. Eine Strähne ihres Haares hing etwas frech aus ihrem Knoten heraus und spielte um ihr Gesicht.

Orientierungslos sah sie sich um. „Christian, wie geht es dir?"

Sie kam näher an sein Bett heran.

„Keine Ahnung."

Sie strich über seine Wange. „Aber du lebst."

„Ich konnte kaum zulassen, dass Doktor Blake dich hängt, oder?"

Sie setzte sich auf die Bettkante zu ihm.

„Es tut mir leid, Christian. Es tut mir so leid."

„Wovon redest du? Blake hat doch selbst bis jetzt nicht das Ei des Columbus gefunden."

„Ich wollte dir helfen, und …" Sie begann zu weinen und presste ihr Gesicht an seine Brust. „Wieder bin ich schuld."

Eloises Schluchzen war vor dem entspannten Schnarchen von Rina zu hören. Keine Geräuschkulisse, die er an diesem Morgen erwartet hatte.

„Genauso wie bei meiner Mutter." Ihr Weinen wurde noch schlimmer. Ihre Finger krallten sich in den Stoff seines Nachthemdes.

„Eloise, hör mir zu."

Er packte sie an den Oberarmen, soweit es seine Kraft erlaubte und zog sie von sich.

„Hör mir zu. Finnegan will dir etwas sagen. Du hast keine Schuld, damals nicht wie jetzt. Und wenn du glaubst, dass dieses Gefühl weggehen wird, wenn du anderen hilfst, muss Finnegan dich enttäuschen. Denn egal, was du tun wirst, dieses Gefühl wird dir immer sagen, dass es nicht genug ist."

Sie schniefte. „Aber ich wollte immer sein wie sie."

Seine Hand glitt über ihre Tränen überzogenen Wange, als er plötzlich die Stimme von Rina hörte.

„Oh du große Güte, ist er …?"

„Nein, Rina. Ist er nicht", entgegnete er und musste seine Hände von Eloise zurückziehen.

Rina sprang von der Ottomane auf und kam auch zu ihm herüber.

„Mylord, geht es Ihnen wieder besser?" Sie kam auch zu seinem Bett, und - zu seinem Überraschen - drückte sie einen Kuss auf seine Wange.

„Was ist denn hier los? Werde ich auf einmal von Frauen umschwärmt?"

Das Dienstmädchen wurde rot und rannte zur Tür mit einer fadenscheinigen Entschuldigung, dass sie Wasser hole.

Er strich wieder über Eloises Wange.

„Lass mich ehrlich mit dir sein, Eloise. Du läufst herum wie eine Frau in den Vierzigern. Vermutlich wäre deine Mutter so alt, wenn sie leben würde. Du kannst nicht ihr Leben führen, noch für sie leben. Du musst dein eigenes Leben leben. Deine Mutter hat einen hohen Preis bezahlt, um es dir zu geben. Und wenn ich hier nicht in diesem verdammten Zustand wäre, Gott, ich würde dir zeigen, wie man das Leben genießen kann."

Schniefend sagte sie: „Wie kannst du sowas so sagen?"

„Weil ich weder die Zeit noch die Muße habe, um den heißen Brei herumzureden."

Sie sah lange schweigend vor sich hin.

„Und - was würdest du mir zeigen?"

Er schnaubte. „Da gibt es viele schöne Dinge. Aber ich glaube zuallererst …" Er lächelte.

„An was denkst du?", fragte sie ihn und strich eine Strähne aus seinem Gesicht.

„Ich würde dich heiraten."

„Mich was?“ Sie schnellte ein Stück hoch.

„Finnegan heiratet Mary doch am Ende. Oder nicht? Sonst will ich das Buch gar nicht weiter hören.“

Ein mädchenhaftes Lächeln spielte um ihre Lippen.

„Doch, das tut er.“

„Also, und dann würde ich - Nein, das willst du nicht wissen.“ Er sah auf den Himmel seines Bettes, den er nun schon so oft angestarrt hatte. Vielleicht sogar schon Stunden. Ob, wenn man die ganzen Minuten, in denen er dort hingesehen hatte, zusammenrechnete, nur Stunden zusammenkamen oder schon Tage? Sein Leben verstrich, während er an einen schmucklosen, dunklen Himmel sah.

Zynisch lachte er.

„Bitte, sag es mir.“

Er seufzte.

„Du kannst mir alles sagen, Christian.“

Er neigte den Kopf auf die Seite. „Bist du dir sicher? Selbst wenn es sich nicht für einen Gentleman gehört?“

„Auch dann.“

Sie drehte sich auf die Seite und legte ihren Kopf neben seinen. Er konnte den Duft ihrer Haare riechen. Zart und blumig. Wie eine Frühlingsbrise.

Er sah für einen Moment in ihre großen braunen Augen. Was er darin sah, war mehr als die Besorgnis einer Pflegerin.

„Ich glaube …“ Er sah wieder an die Decke. „Einem sterbenden Mann wie mir wird man einige unanständige Gedanken verzeihen. Vor allem, wenn sie das einzige Gegenmittel zu seinem Kummer sind.“

Eloise schnellte hoch und legte ihren Finger auf seinen Mund. „Oh bitte. Das darfst du nicht sagen. Es kommt gewiss alles in Ordnung.“

Christian legte seine Hand auf ihre und zog sie von seinem Mund fort.

„Wenn du wüsstest, was ich tun würde, wenn ich mich nicht so fühlen würde."

Sie legte ihren Kopf neben seinen. „Dann erzähl es mir, Christian."

Ihren Blick hatte sie genauso wie er auf den dunklen Himmel über ihnen gerichtet. Er kannte nicht viele Menschen, die bereitwillig seinen Blickwinkel einnahmen.

„Ich würde dich noch morgen heiraten. Und dann …"

„Dann?", fragte sie weiter.

Er zögerte, weil er nicht sicher war, wie weit er gehen durfte, ohne ihre Gefühle zu verletzen.

„Ich würde mit dir die Hochzeitsnacht begehen. Würde dir zeigen, wie gut man sich in seinem Körper fühlen kann." Sein Blick fiel auf ihr Profil. Christian wollte wissen, was sie bei diesen Worten empfand. Doch er erkannte keine Anspannung in ihrer Miene. Sie sah unverändert nach oben.

„Ich würde dir dein Kleid ganz langsam abstreifen. Auch die anderen Sachen. Aber nicht bei Nacht, sondern am Morgen. Wenn das Licht durch die Fenster fällt und über die Oberfläche deiner Haut tanzt."

Ihr Brustkorb begann sich schneller zu heben, doch ihre Miene veränderte sich nicht.

„Ich würde diese Spange aus deinem Haar lösen. Es muss wunderschön aussehen, wenn deine Haare locker über deine Schultern fallen. Wenn sie sacht über deine Haut streichen. Ich glaube, ich habe dich noch nie mit offenen Haaren gesehen."

Prüfend überlegte er, ob er es wirklich noch nie an ihr gesehen hatte oder er sich einfach nicht erinnern konnte. Aber nein, er war sich sicher. Sie hatte sie bisher immer in diesem Knoten getragen. Viel zu streng für ihr noch junges Alter.

„Stell dir vor, ich komme hinter dich. Küsse deine Schulter und schiebe deine Haare über deine andere Schulter, nur um meine Lippen auf deinen Nacken zu legen."

Christian bemerkte, wie sie ihre Augen schloss.

„Meine Hände gleiten deinen Rücken herunter zu deinen Seiten. Aufmerksam beobachte ich dich, denn ich will dich berühren, wie es dir gefällt. Meine Lippen wandern weiter über deinen Hals bis zu deinem Ohrläppchen."

Eloise ließ ihren Kopf sanft in ihren Nacken sinken. Ein Lächeln spielte um seine Lippen und ließ ihn seine Fantasie weiterspinnen.

„Meine Fingerspitzen streichen über die Haut deiner Seiten, umkreisen deinen Bauchnabel, bis ich dich eng an mich und meine Brust ziehe. Du spürst das erste Mal deine Haut auf meiner. Spürst, wie sehr ich dich brauche und mich nach dir sehne. Nach deinen sanften Berührungen, dem Duft deiner Haut, den kleinen Tönen, die du machst, wenn dir gefällt, was ich mit dir tue und du mehr willst. Wie das Schnurren einer Katze. Du drehst deinen Kopf zu mir und wir küssen uns, während ich dich sanft zum Bett navigiere."

Eloise hob ihre Hand und begann mit ihren Fingern unruhig an dem Knopf ihres Kleides zu spielen.

„Ich würde dich auf das Bett heben", für einen Moment, schwieg er, weil ihm bitter bewusst wurde, wie weit seine Realität von seinem Traum entfernt war.

„Ich würde jeden Zentimeter deiner Haut küssen: deine Hände, deine Arme, deine Brüste, deinen Bauch. Ich würde jeden geheimen Ort suchen, der dir mehr

Freude macht und - dich dazu bringt, mehr zu wollen. Mehr von meinen Berührungen und - mehr von mir."

Er hörte einen leisen, seufzenden Ton von ihr, der ihn anspornte, weiterzureden.

„Ich würde dich so verwöhnen, wie du es verdienst. Ich würde dich auf deinen Bauch drehen und dann …"

Eloises Finger ließen den Knopf los und legten sich neben ihn auf das Bett, sie gruben sich tief in das Laken.

„Ich küsse dich zwischen deine Schultern hoch zu deinem Nacken. Meine Finger zwischen deinen Haaren und sanft über deine Kopfhaut streichend. Verdammt, ich würde dich so gut fühlen lassen."

Eloise setzte sich von ihrem Kissen auf und zog die Spange aus ihren Haaren. Christian konnte sehen, wie sich ihre Haare lösten und immer weiter entwickelten, bis sie über ihre Schulter fielen. Sie war so schön, wie er geglaubt hatte.

Eloise sah ihn schüchtern über ihre Schulter an, ehe sie sich vorlehnte zu ihm. Ihre Gesichter nur wenige Millimeter auseinander. Ihre Haare wie ein Schleier um ihrer beider Gesichter herum.

Ihr Mund kam seinem immer näher.

„Nein", sagte er plötzlich und ließ sie innehalten: „Ich will nicht, dass du auch noch … ich meine, dass es dir genauso geht wie mir."

Sie strich über seine Wange, und dann - küsste sie ihn. Wenn es etwas gab, an dass er in seiner letzten Minute denken wollte, war es dieser Kuss.

~~~
~~~

Das Geräusch der Tür ließ sie hochschrecken. Sie warf ihre Haare zurück in ihren Nacken und sah auf. Doktor Blake stand in der Tür.

Eilig erhob sie sich und stand schnell vom Bett auf.

„Störe ich?", fragte Travis Blake und sah unsicher zwischen den beiden hin und her.

„Sie doch niemals", erwiderte Christian, nicht ohne ihr zuzuzwinkern.

„Täusche ich mich oder sehe ich etwas Farbe auf Ihren Wangen, Mylord?", fragte der Arzt und sah wieder zu Eloise herüber.

„Es tut mir leid. Die Frage kann ich Ihnen nicht beantworten. Ich habe keinen Spiegel."

Eloise schlenderte zu dem Tisch herüber, als gäbe es dort etwas für sie zu tun. Rückte die Gläser zurecht, als wenn diese nicht ganz perfekt aufgereiht wären.

„Ja, die Dame scheint Wunderkräfte zu haben." Eloise konnte ein leichtes Missfallen in Doktor Blakes Stimme hören. Sie sah über ihre Schulter zu ihm herüber. Sah, wie der Arzt seine ohnehin schon schmalen Lippen aufeinanderpresste, dass sie fast inexistent wurden.

„Wie geht es Ihnen denn heute, Mylord?"

„Ich lebe, ich kann nicht klagen." Aus dem Augenwinkel sah Eloise, wie Christian seine Hand auf ihre Haarspange legte und sie unter seine Decke schob. Ihr Herz klopfte immer noch bei dem Gedanken, dass sie ihn gerade geküsst hatte.

Es war nicht berechnend gewesen. Es waren seine Worte, seine Nähe, und es war genauso gewesen, wie sie es sich als junge Miss immer vorgestellt hatte.

„Miss Gracie hat sich sehr große Sorgen um Sie gemacht. Ich übrigens auch."

„Gracie macht sich immer Sorgen", gab Christian zurück.

Doktor Blake sah wieder mit Missfallen zu ihr herüber. Ihn störte ihre Anwesenheit. Wahrscheinlich wollte er Christian nun überreden, sie aus seinen Diensten zu entlassen, damit er endlich niemand mehr hatte, der seine Behandlung kritisierte.

Erst bei diesem Gedanken merkte sie, wie erschöpft sie sich nach der vergangenen Nacht fühlte. Sie hatte kaum geschlafen und ihr Rücken schmerzte. Der Griff der Nachttischschublade hatte ihr die ganze Zeit zwischen die Rippen gedrückt.

Wenn der Arzt allein mit seinem Patienten sein wollte, konnte sie die Zeit vielleicht nutzen, um sich frisch zu machen.

„Hören Sie auf mich, Sie müssen …", setzte der Arzt an, doch sie unterbrach ihn geschickt: „Entschuldigen Sie kurz, Doktor Blake. Mylord, brauchen Sie mich gerade hier oder erlauben Sie, dass ich mich frisch machen gehe?"

„Natürlich, gehen Sie nur, Eloise." Christian nickte ihr zu, und sie verließ das Zimmer.

Doktor Blake war sicher mehr als froh, sie los zu sein.

Sie seufzte und strich sich die Haare zurück über ihre Schulter.

„Mein Bruder ist wach?", hörte sie die Stimme von Christians Schwester, die auf sie zugeeilt kam.

„Ja, Miss."

„Wie geht es ihm?"

„Den Umständen entsprechend, Miss."

Gracie Bradford legte ihre Hände ineinander. „Sie wissen schon, dass ich Ihnen sehr böse bin? Sie haben meinen Bruder in Gefahr gebracht, und das werde ich Ihnen nie verzeihen. Aber aus irgendeinem Grund scheint mein Bruder Sie zu mögen. Und das ist der einzige Grund, warum ich Sie nicht auf der Stelle aus dem Haus werfen lasse."

Eloise nickte. Sie hatte nicht vor, ihrer Dienstherrin gegenüber Widerworte zu geben, denn sie wollte auf keinen Fall das Haus verlassen müssen.

„Ich danke Ihnen, Miss."

Gracie schien den Tränen nahe. „Sie sind wirklich sehr, sehr dumm gewesen. Hören Sie demnächst auf Doktor Blake und seine Anweisungen. Sie wissen genau, mein Bruder ist ein sehr kranker Mann. Und ich könnte es nicht ertragen, wenn er ..."

Tränen liefen aus den Augen von Gracie. Es war Eloises Wille zu helfen, der sie zu ihr gehen und ihren Arm um sie legen ließ. „Er wird es schaffen, Miss. Er ist stark."

Gracie schluchzte. „Er ist doch alles, was mir geblieben ist."

„Ich weiß. Und ich denke, er wird sich sicher freuen, Sie heute Morgen zu sehen."

Eloise zog ein Taschentuch aus ihrer Rocktasche. „Aber gehen Sie nicht so verweint zu ihm. Sonst macht er sich noch Vorwürfe, Ihnen solchen Kummer bereitet zu haben."

Gracie tupfte sich über das Gesicht.

„Danke, das ist sehr nett von Ihnen."

Eloise zuckte die Schulter. War es nicht normal, für andere Menschen da zu sein?

„Ich helfe gern, Miss."

Gracie nickte, gab ihr das Tuch zurück und setzte ihren Weg zu den Gemächern ihres Bruders fort.

Eloise sah ihr gedankenverloren nach. Obwohl sie so nicht gerade Freundinnen waren, hatten sie doch einen vertraulichen Moment miteinander gehabt, und wie sie an Gracies Gesichtsausdruck sehen konnte, hatte diese sich durch ihre Worte beruhigen lassen.

Außerdem, es war nicht gelogen: Eloise half gern.

Sie mochte die Freude und Dankbarkeit in den Gesichtern, ohne dass es ihrem Stolz schmeichelte. Auch wenn sie nicht war wie ihre Mutter.

Sie ging weiter in ihr Zimmer und legte die Kleider ab, bis sie nur in ihrer Corsage und Unterrock vor den kargen Frisiertisch trat. Jemand hatte dort eine frische Waschschüssel für sie bereitgestellt. Eine Aufmerksamkeit, mit der sie nicht gerechnet hatte.

Sie griff nach dem Schwamm und tränkte ihn in das Nass. Er glitt über ihren Arm, und plötzlich musste sie wieder an die Worte von Christian denken. Dabei stellte sie sich vor, dass es nicht der Schwamm war, der sie berührte, sondern seine Hände. Genauso wie er es beschrieben hatte. Und plötzlich breitete sich dieses angenehm warme Gefühl in ihrer Brust aus. Der Christian, der damals in der Apotheke gestanden hatte, mischte sich in ihrer Fantasie mit den Worten, die er ihr zugeflüstert hatte.

„Ich würde jeden geheimen Ort suchen, der dir mehr Freude macht und - dich dazu bringt, mehr zu wollen. Mehr von meinen Berührungen und - mehr von mir“

Sie schloss ihre Augen, genoss die Berührungen auf ihrer Haut. Sie seufzte. „Ich will mehr von dir, Finnegan.“

Erschrocken riss sie die Augen auf. Der Schwamm fiel aus ihrer Hand zurück in die Waschschüssel, das Wasser spritzte über die Ränder auf das Holz der Tischplatte.

Eloise starrte ihr Spiegelbild an.

Alles, was er ihr erzählt hatte von der Hochzeit bis zur Hochzeitsnacht. Sie wollte das alles - mit ihm.

Sie liebte ihn.

Liebte ihn genauso, wie sie es damals als Mädchen getan hatte, als sie Seite um Seite das Buch ihres Vaters mit Liebesbriefen gefüllt hatte.

Ein zartes Lächeln huschte über ihre Lippen.

Aber was tat sie hier?

Er war krank.

Er war ihr Schützling.

Sie war seine Angestellte.

Er war niemand, in den sie sich das Recht hatte zu verlieben. Und natürlich jetzt, wo es ihm schlecht ging und sie für ihn da war, glaubte er in ihr die Frau zu sehen, die er liebte.

Aber wenn er wieder gesund war, sah die Sache anders aus. Er war ein Landlord. Es gab viele Misses, die er heiraten konnte, die für einen Lord angemessener als Gattin waren als sie.

Und wenn er nicht wieder gesund würde?

Bei diesem Gedanken musste sie sich auf das Bett setzen.

Egal, wie es kam, sie würde mit einem gebrochenen Herzen aus der Sache hervorgehen. So oder so.

~~~

„Ich habe mir wirklich große Sorgen um dich gemacht."

Seine Schwester stand vor seinem Bett, direkt neben Doktor Blake.

„Ich weiß", brummte Christian. Er fühlte sich eigentlich nicht in der Verfassung zu solchen Diskussionen, aber er wollte sich auch vor seiner Schwester nicht schwach zeigen.
~~~

„Sicher hast du dich gestern mit dem Dinner überanstrengt." Gracie tippte sich wieder nachdenklich vor ihr Kinn. Wenn es nach ihr ginge, würde sie ihn wahrscheinlich den Rest seines Lebens aus Sorge hier in seinem Zimmer behalten.

„Ich habe schon gestern gesagt, es war nur diese Pflegerin. Diese Miss Padgett." Doktor Blake sprach die Worte so aus, als wären sie etwas Ekeliges und Verachtungswürdiges.

„Es gibt nur eine Lösung, Sie sollten sie entlassen, Mylord."

„Wie viele Anfälle hatte ich nun schon? Und soweit ich mich erinnere, haben Sie keinen einzigen davon verhindert. Es ist ein wenig unfair, es nun Miss Padgett anzulasten."

Christians Finger fuhren über das glatte Holz der Haarspange unter seiner Bettdecke. Er würde nicht zulassen, dass jemand es Eloise anlastete, dass sie versucht hatte, ihm zu helfen.

Noch weniger würde er zulassen, dass man sie entließ.

Gestern, bei diesem schrecklichen Anfall war ihm klar geworden, wie sehr er sie mochte. Wenn ihm tatsächlich so wenig Zeit bliebe, wie es manches Mal den Anschein hatte, wollte er jede Minute mit den Menschen verbringen, die ihm wichtig waren: Gracie – und Eloise.

Sie kannten sich noch nicht lange, aber wenn er ihre Art sich zu bewegen sah, konnte er nicht wegschauen. Er genoss den sanften Schwung ihrer Hüften, den sie bei jedem ihrer Schritte hatte. Nicht, dass sie es darauf anlegte. Es war eine ganz natürliche Bewegung, die tief aus ihrem Inneren herauskam. Weiblich und geschmeidig.

Er liebte es, ihr dabei zuzusehen, wie ihr Becken sich von einer zur anderen Seite wiegte. Ohne dass sie selbst etwas davon bemerkte.

Ihr Lachen faszinierte und fesselte ihn genauso wie ihre Gedanken, die sie manchmal zwischen dem Vorlesen mit ihm teilte.

Und mehr noch hatte ihm gefallen, wie sich ihre Lippen auf seinen angefühlt hatten. Weich und zart.

Bei Gott, er hätte sie wieder geküsst, wenn ihn nicht schon wegen dieses einen Kusses ein schlechtes Gewissen quälen würde. Wenn irgendjemand ausschließen könnte, dass sie nicht genauso enden würde wie er, es gäbe kein Halten mehr für ihn. Er hätte sie näher an seine Brust gezogen und sie geküsst - wie ein Mann, der wusste, dass er nicht mehr viele Küsse in seinem Leben verschenken würde.

Wieder mischte sich in dieses süße Gefühl in seiner Brust der bittere Beigeschmack, der sein ganzes Leben überschattete.

„Gut, ich muss dann auch zurück in meine Praxis. Vermutlich ist das Wartezimmer schon wieder gefüllt mit Patienten, die meinen Rat wünschen." Doktor Blake betonte die letzten Worte besonders deutlich.

Christian entschloss die Anspielung zu ignorieren.

„Oh, ich begleite Sie noch raus, Doktor", sagte Gracie schnell, und wieder färbten sich ihre Wangen in ein zartes Rot. Ein unverkennbares Zeichen aufkeimender Liebe.

Christian konnte es sich immer noch nicht erklären, was seine Schwester an diesem Menschen fand.

Natürlich hatte er immer damit gerechnet, dass sie eines Tages ihr Herz an einen Gentleman verlieren würde. Aber Christian hatte immer geglaubt, dass er mit dem Mann, auf den Gracies Wahl fiel, gut Freund sein könnte. Aber Freundschaft mit Doktor Blake schien ein völlig unmöglicher Gedanke. Wenn sie sich für den Arzt entscheiden sollte, dann würde er in den sauren Apfel beißen müssen und sich mit diesem Rechthaber in der Familie abfinden.

„Nein, nein. Miss Gracie, machen Sie sich keine Umstände. Ich finde den Weg. Ich kenne mich in diesem Haus bereits zur Genüge aus."

„In Ordnung." Gracie seufzte und sah wieder zu ihrem Bruder herüber.

„Im Moment kommt es aber auch wirklich alles zusammen. Erst dein Anfall, und nun ist auch noch Rina fort." Sie ließ ihre Schultern erschöpft hängen.

„Rina?", fragte Doktor Blake. Seine Hand lag bereits auf der Klinke.

„Ja." Gracie nickte ihm zu. „Das Dienstmädchen. Sie kennen sie. Sie macht Ihnen immer die Tür auf."

„Ja, das kleine Ding." Der Arzt nickte. „Und sie hat gekündigt? Soll ich mich vielleicht in der Gegend umhören nach einem Ersatz?"

Auf Gracies Gesicht zeigte sich ein strahlendes Lächeln. „Nein, aber lieb von dir - ich meine natürlich, von Ihnen. Aber sie ist nur eine Woche fort. Ihre Schwester ist, so wie ich es verstanden habe, krank und allein mit vier Kindern. Die Zeit werden wir sicher ohne sie klarkommen."

„Eine ganze Woche?", sagte der Arzt nachdenklich. „Sie sind wirklich nicht zu beneiden, Miss Gracie."

Immer noch mit diesem Lächeln auf den Lippen winkte sie ab. „Die Zeit wird schnell vergehen."

„Wollten Sie nicht in Ihre Praxis?", fragte Christian, der endlich allein mit seiner Schwester sein wollte.

„Ja, Sie haben recht, Mylord. Und schonen Sie sich. Achten Sie auf diese Pflegerin, das gerade schien mir doch sehr - unangemessen."

Ohne ein weiteres Wort verließ Doktor Blake das Zimmer.

„Was meint er?", fragte Gracie und legte ihren Kopf auf die Seite. Die beiden Locken, die ihr Gesicht einrahmten, schwangen zur Seite.

„Ach, Miss Padgett hatte sich über mich gelehnt, um ein störrisches Kissen in meinem Rücken zu bändigen. Der gute Doktor meinte wohl, dass sie mich verführen wollte oder ich sie. Irgendwie charmant von ihm, dass er mir das in meinem augenblicklichen Zustand zutraut. Du siehst, so schlecht kann es gar nicht um mich stehen."

„Du sollst über sowas keine Witze machen, Christian." Nun legte seine Schwester auch noch einen tadelnden Blick auf, wobei er nicht wusste, womit er diesen verdient hatte.

„Was meinst du? Die dreckige Fantasie von Doktor Blake oder meinen Zustand?"

„Beides." Gracie verschränkte die Arme vor der Brust.

„Wer, wenn nicht ich, darf über meinen Zustand Witze machen? Und bei Doktor Blake bist du nur dagegen, weil er deine Fantasie anregt."

Es sollte nicht so schnippisch klingen, wie es aus seinem Mund kam.

Jetzt wurde Gracie tomatenrot. „Ich habe keine Fantasien."

Christian stöhnte. „Sage bitte nicht, dass ich jetzt auch noch mit einer fantasielosen Schwester gestraft bin. Welches Elend."

Sie trat verärgert auf den Boden. „Du weißt, wie ich das meine. Natürlich habe ich Fantasie. Aber nicht solche, wie du meintest."

„Dann pass bei dem guten Doktor auf, sowas ist ansteckend."

„Ich weiß gar nicht, warum du Doktor Blake nicht magst. Er ist sehr intelligent und charmant."

„Zu dem charmant kann ich nichts sagen. Das hebt er sich offenbar nur für dich auf."

Gracie zog einen Schmollmund und schlenderte an seinem Bett entlang. „Aber irgendwie habe ich ein schlechtes Gewissen wegen der Pflegerin. Travis - also Doktor Blake - hat keine besonders hohe Meinung von ihr und vor allem von ihren Ideen. Vielleicht siehst du das nicht, weil du sie magst."

Christian reichten diese ständigen Gespräche um Eloise.

„Gut, dann such mir eine andere Pflegerin."

Gracie nickte mit ihrem Kopf, dass ihre Locken wieder in der Luft tanzten.

„Während du das tust, suche ich mir einen anderen Arzt."

Gracies Kopfbewegung setzte sofort aus und das Lächeln verschwand aus ihrem Gesicht.

„Was gefällt dir an Doktor Blake nicht?"

„Er ist so selbstgerecht. Vielleicht siehst du es nicht, weil du ihn magst."

Er wusste, dass das Thema damit ein für alle Mal erledigt war.

~~~

„Herein?" Eloise strich hastig noch einmal ihr Kleid glatt. Sie bemühte sich, in Christian einen ihrer Schützlinge zu sehen. Jemand, der ihre Hilfe brauchte.
~~~

Wobei er sich prächtig entwickelte. Seit seinem letzten Anfall waren bereits mehr als eine Woche verstrichen, und es ging ihm zusehends besser. Wenn er sich weiter so entwickelte, würde er sie bald nicht mehr brauchen. Aber daran wollte sie nicht denken, nicht nur, weil man sie dann im Hause Bradford nicht mehr brauchte, sondern auch, weil sie sich schon einmal dem trügerischen Schein hingegeben hatte. Umso schmerzvoller war die Enttäuschung gewesen, als er eines Nachts diesen Anfall gehabt hatte.

Sie würden jeden Tag nehmen, wie er kam. Sie hatte sich entschieden, nur noch in dieser Art über die Sache zu denken, jeder Tag, den er gut überstand, war ein Tag mehr auf dem Weg zu seiner Gesundung.

Umso mehr hatte sie erstaunt, dass er den heutigen Abend nicht wie den Vergangenen unten mit seiner Schwester verbrachte.

Eloise drückte die Klinke zu den Gemächern des Lords herunter.

Christian saß auf der Ottomane und sah zu ihr herüber. Sie konnte nicht verhindern, dass augenblicklich ihr Herz schneller anfing zu schlagen. Einzig der Anblick dieses Mannes genügte, um ihr Blut in Wallung zu bringen, dass Hitze aus ihrem Inneren aufstieg.

„Guten Abend, Christian."

„Eloise, Sie sind es. Es freut mich, Sie zu sehen. Haben Sie schon gegessen?"

Sie trat näher auf ihn zu. Er hatte die Beine lässig übereinandergeschlagen. Dazu sah er umwerfend aus in seinem Anzug, auch wenn es nicht der Elegante war, den er für gewöhnlich zum Dinner trug.

„Ihre Schwester schickt mich, sie macht sich Sorgen, weil Sie heute Abend nicht zum Dinner herunterkommen wollten."

Christian zog eine Grimasse. „Sie hat den Doktor zum Essen eingeladen. Mir reicht sein Anblick schon, wenn er kommt, um meinen Zustand zu überprüfen. Ich muss ihn nicht unbedingt auch noch zum Dinner sehen. Wir sind nämlich nicht die besten Freunde bis jetzt. Auch wenn Gracie sich Mühe gibt. Aber bitte, setzen Sie sich doch." Er klopfte auf den Platz neben sich auf der Ottomane.

„Christian, ich will nicht, das der Eindruck entsteht, dass …"

„Hier entsteht nichts, weder ein Eindruck noch sonst etwas. Und überhaupt, warum muss sich meine Schwester Sorgen machen, damit ich Sie einmal wieder zu Gesicht bekomme?"

Sie ließ sich seinem Wunsch entsprechend neben ihm nieder. Jetzt, wo sie ihm so nahe war, spürte sie auch das Kribbeln in ihrem Bauch, wie sie es schon öfters bemerkt hatte, wenn sie bei ihm war.

„Sie waren beschäftigt, Christian. Man sagte mir, dass Sie heute den Verwalter getroffen haben."

Er lächelte. „Da haben Sie recht. Umso schöner, dass ich heute den Abend mit Ihnen verbringen kann. Oder muss ich erst einen Anfall haben, um Ihrer Gesellschaft würdig zu sein?"

Erschrocken legte Eloise ihre Hand auf seine Brust. „Bitte, sagen Sie so etwas nicht."

Sein Blick fiel auf ihre Hand und ein Lächeln spielte um seine Lippen.

So sehr sie sich auch bemühte, sich nicht von ihren Gefühlen leiten zu lassen, wenn sie in seiner Nähe war, hatte sie immer wieder schwache Momente wie diesen.

Eilig zog sie ihre Hand zurück und legte sie zu ihrer anderen in ihren Schoß.

„Es würde Ihre Schwester sehr betrüben, wenn es wieder der Fall sein sollte."

„Nur meine Schwester?"

Sein Arm legte sich hinter ihr auf die sich langsam absenkende Rückenlehne.

„Nein, sicher nicht nur sie."

„Sie auch, Eloise?"

Sie versuchte, seinem Blick auszuweichen. Er durfte nicht wissen, wie sehr es sie treffen würde und wie sie für ihn empfand.

„Natürlich, Christian."

Er lehnte sich vor, dass sie seinen Atem auf ihrer Wange spürte. „Und warum waren Sie dann die letzten Tage so abweisend zu mir?"

„Sie waren beschäftigt. Ich wollte Sie nicht stören."

„Könnten Sie das?", flüsterte er in ihr Ohr, dass ein Schauer ihren Rücken herunterlief. Sie blickte auf ihre Hände. „Sagen Sie es mir, Christian."

Sie seufzte auf, als sie etwas an ihrem Hals spürte. Es war eine zarte Berührung seiner Lippen auf ihrer Haut direkt hinter ihrem Ohr.

„Christian, bitte. Ich bin Ihre Pflegerin, und Sie sind mein Schützling."

„Ja, der sehr viel Aufmerksamkeit braucht." Er nahm ihr Ohrläppchen zwischen seine Lippen. „Ist das nicht genau das, was Finnegan tut?"

Siedend heiß fiel ihr auf, dass es genau das war. Diese Szene hatte sie ihm vorgelesen, sie erinnerte sich noch an diesen Abend.

„Gefällt es dir nicht?", flüsterte er ihr zu. Seine Hand, die hinter ihrem Rücken gelegen hatte, fasste enger um sie.

„Keine Angst, Eloise. Ich werde dir nicht die Unschuld rauben, noch einen Kuss von deinen Lippen. Nur ein wenig …"

Sanft saugte er an ihrem Hals. Ein leises Seufzen entwich ihren Lippen, was sie erschrocken ihre Hand vor ihren Mund halten ließ.

Sie sollte ihn zur Vernunft bringen. Es war ein gefährliches Spiel, was sie hier spielten, nicht nur wegen seiner Gesundheit, sondern auch wegen seiner Schwester und dem Arzt, die unten im Haus waren.

„Wenn jemand kommt."

„Nicht während des Essens." Seine Lippen strichen über ihre Wangen. Wie sollte sie standhaft bleiben, wenn seine Berührungen so köstlich und verlockend waren?

Seine Hand glitt langsam über ihre Seite hinauf bis kurz vor die Rundung ihrer Brust.

Ohne darüber nachzudenken, legte sie ihre Hand auf seinen Hinterkopf. Spürte die seidig weichen Haare unter ihren Fingern.

„Oh, Finnegan."

„Ja, Liebste."

Wie gut es sich anfühlte, wenn er das zu ihr sagte. Ihr Herz klopfte so, als wenn es ihm entgegenspringen wollte. Sie wollte nicht, dass diese Berührungen oder dieser Moment in seinen Armen endeten. Aber das würde es. Über kurz oder lang würde es das.

Sie seufzte auf. Nicht mehr vor Wohlbefinden, sondern vor Kummer.

„Christian, du wirst mich vergessen."

Seine Lippen liebkosten wieder die weiche Haut unter ihrem Ohrläppchen. Es war schwer, nebenher klar zu denken. Aber sie musste es. Sie wusste genau, wo all dies hinführen würde.

„Nie werde ich das."

„Doch, wirst du. Spätestens, wenn du gesund bist."

Er zog sich von ihr so weit zurück, dass er ihr in die Augen sehen konnte. „Warum das?"

Eloise strich mit dem Zeigefinger über seine Brust. „Weil es viel angemessenere Frauen für dich gibt als mich. Und wenn du wieder gesund bist, wirst du dein altes Leben wieder aufnehmen, in dem kein Platz für mich sein wird."

„So ein Unsinn. Ich habe ernst gemeint, was ich dir gesagt habe. Wenn ich wüsste, dass – wie dem auch sei. Ich würde dich auf der Stelle heiraten, Eloise Padgett."

Sie sah, wie ernst er geworden war.

Wohingegen ihr Kopf vor Gedanken schwirrte. Konnte er es ernst meinen? Ihr Herz machte einen freudigen Sprung. Aber nein, dass durfte sie sich nicht erlauben. Dieser Gedanke war mit zu viel *Wenns* und *Abers* verbunden. Kein Lord heiratete seine Pflegerin. Irgendwann würde Christian selbst sehen, wie irrig der Gedanke war.

„Hast du nicht von Dinner geredet?", sagte sie schnell und wandte sich aus seinen Armen.

„Ja, Rina hat es mir bereits heraufgebracht." Er deutete mit dem Kinn auf den Servierwagen.

„Warum weichst du aus, Eloise?"

„Das Essen ist schon da? Warum lässt du es denn dann kalt werden?"

Sie hob die silberne Servierglocke an und sah auf einen Teller mit orange-roter Suppe.

„Es ist Kürbissuppe. Ich frage mich, wer das veranlasst hat. Ich mag keinen Kürbis egal in welcher Form."

„Sie riecht aber köstlich."

Christian zuckte mit den Schultern. „Ich kann darauf verzichten. Einen Abend nichts zu essen, wird mich nicht umbringen."

Sie legte den Kopf auf die Seite und sah ihn tadelnd an.

„Wenn es stimmt."

Sie griff nach dem Löffel und aß einen Bissen. Ein säuerlicher Geschmack breitete sich auf ihrer Zunge aus. „Hm, ich kann dich verstehen. Das ist kein Vergnügen." Eloise setzte die Glocke wieder über den Teller und sah zu Christian. Dieser schien immer noch nachdenklich.

Seine Finger berührten ihren Rücken.

„Sag mir, würdest du überhaupt in Betracht ziehen, meine Frau zu werden?"

Allein die Frage brachte ihr Herz in Aufruhr. „Wie kannst du mich so etwas fragen, Finnegan?"

„Weil ich es wissen muss, Eloise."

Sie kniff die Augen zu. „Was soll ich dir antworten?"

„Die Wahrheit, Eloise. Wenn all das mit Schützling und Pflegerin nicht wäre, würdest du mich dann heiraten wollen?"

Ohne eine Minute zu zögern, sagte sie: „Ja, würde ich, Finnegan."

Sie hoffte, dass sie diese Worte nie bereuen würde.

Kapitel 6

„Ist es so gut?", flüsterte Christian. Sie saßen immer noch auf der Ottomane. Er hatte sie in seinen Armen und fühlte sich unbeschreiblich glücklich. Nun gab es etwas in seiner Zukunft, auf das er sich freute. Eine Hochzeit mit Eloise. Ob im großen oder kleinen Kreis, überließ er ihr. Wenn sich sein Zustand weiter so entwickelte, dann …

Aber so weit wollte er noch nicht denken, obwohl sie wieder geschafft hatte, Hoffnung in ihm aufkeimen zu lassen. Hoffnung auf eine Zukunft, mehr noch auf eine Zukunft mit ihr.

Dennoch merkte er, dass sie mit einem Mal verspannt war.

Er küsste wieder sanft ihren Hals. „Was hast du?"

Mit einem Mal fiel ihm auf, wie blass sie geworden war. Ihre Miene war ernst, so als wenn sie sich nicht traute zu sagen, dass sie ihn doch nicht heiraten wollte.

„Ich weiß nicht." Sie legte ihre Hand um seine.

„Hast du Zweifel wegen der Heirat?"

„Nein, das ist es nicht." Sie schüttelte den Kopf. Dennoch umfassten ihre Finger seine Hand noch fester.

„Liebste, ist irgendetwas mit dir?“

Sie stöhnte auf und wand sich aus seinen Armen. Sie setzte sich auf und legte eine Hand über ihren Bauch.

„Aber was ist denn nur?“

„Ich weiß es nicht.“

Besorgt sah er sie an. Sie stand auf, ging ein Stück, als sie sich plötzlich vor Schmerzen krümmte. Eine Hand griff Halt suchend nach einer Stuhllehne.

„Eloise, was hast du?“

Sie atmete stoßweise.

Auch ihn hielt nichts mehr auf seinem Platz. Er sprang an ihre Seite.

„Christian!“ Sie sah ihn aus angstgeweiteten Augen an.

Und er verstand.

Ihre Atmung, die Haltung, Ihre Angst. „Du hast Krämpfe?“

Wieder sah sie ihn an, und er wusste, er hatte recht.

„Es war doch der Kuss.“ Er fuhr sich in seine Haare. Das Schönste in seinem Leben, und er hatte es …

„Komm, ich bring dich zum Bett.“

Er griff unter ihre Arme.

„Christian, das geht nicht.“

„Ruhig, ich bin hier der Lord, und ich bestimme.“

Sie lachte unsicher, ehe sie wieder ein Stöhnen von sich gab. Gemeinsam erreichten sie das Bett.

„Leg dich hin und sag mir, wie ich dir helfen kann.“

Sie lag auf seinen Kissen an derselben Stelle, an der er sich vor einigen Tagen vor Schmerzen gewunden hatte.

„Gib mir von Vaters Pillen.“ Sie deutete auf eines der Fläschchen. Mehr brauchte sie nicht zu sagen, er griff danach. Hastig zog er den Korken heraus. „Wie viele?“

„Zwei, gib mir zwei.“

Überrascht blickte er sie an. „Du hast mir immer eine gegeben."

„Trotzdem."

Gut, er hatte keine Ahnung. Seine Aufgabe hatte immer nur darin bestanden zu schlucken, was man ihm gab.

Er nahm die Tabletten und ließ sie vorsichtig in ihren Mund gleiten.

„Ich gehe herunter, vielleicht ist es doch eine gute Idee gewesen, den Arzt zum Dinner zu bestellen."

Er wollte aufstehen, doch ihre Hand griff nach seinem Arm.

„Nicht."

„Aber ich bin gleich wieder da."

„Beantworte mir erst – ein paar Fragen."

Er ließ sich wieder auf der Bettkante nieder.

„Was willst du wissen?"

„Wann hattest du den ersten Anfall?"

„Spielt das jetzt eine Rolle? Du brauchst Hilfe."

Ihr Griff wurde fester. „Antworte mir."

Er konnte sehen, dass sie immer noch Schmerzen hatte, und er verstand nicht, warum sie ausgerechnet jetzt mit ihm darüber reden wollte.

„Irgendwann nachts."

„Und die anderen?"

„Auch. Ich werde jetzt nach jemand läuten." Wenn sie nicht allein sein wollte, verstand er das, dann würde er jemand nach unten schicken.

„Welche Symptome?

„Eloise, was soll das?"

Sie raffte sich auf. Ihre Finger immer noch fest in den Stoff seines Hemdes gekrallt. „Sag es mir."

„Immer das, was du miterlebt hast." Und nun selbst erlebst, dachte er, sagte es aber nicht.

„Magenkrämpfe, Übelkeit?“

„Ja, warum?“

„Am nächsten Morgen großen Durst?“

Er sah sie ernst an. „Ja, teilweise schon nachts. Aber warum willst du das alles wissen?“

Vermutlich, weil sie wissen wollte, was sie erwartete. Er schluckte. Und er war daran schuld. Wenn er verhindert hätte, dass sie ihn geküsst hätte, würde sie jetzt nicht so da liegen.

„Es tut mir alles so leid, Eloise. Der Kuss …“

„Verstehst du nicht?“, raunte sie ihm zu.

Und so gern er es bejaht hätte, verstand er es nicht.

Ihre Augen schimmerten feucht. „Christian, das ist keine Krankheit.“

War sie von Sinnen? Wie konnte sie das sagen?

„Aber du hast selbst …“

Erste Tränen liefen aus ihren Augen. „Christian, das ist Gift.“

„G…“ Er wagte, das Wort nicht einmal auszusprechen.

„Ja, Gift. Ich vermute, ich weiß welches. Christian, die Suppe. Ich habe von deinem Essen gegessen.“

Schockiert blickte er auf den Servierwagen.

„Jemand gibt dir seit einiger Zeit Gift.“

„Aber wer sollte …“

„Es muss jemand sein, der dir nahesteht, deine Schwester, jemand aus dem Haus, irgendjemand.“

„Du musst dich irren.“ Jede Faser seines Körpers sträubte sich gegen diese Vorstellung. Wer sollte so etwas tun? Gracie, die Köchin, jemand vom Personal? Wer hatte einen Grund ihm zu schaden?

„Du musst mir jetzt - genau zuhören.“ Sie presste die Lippen aufeinander, offenbar war der Schmerz gerade wieder besonders schlimm. „Nimm das äußere

Fläschchen. Schütte die Pillen aus. Löffel einen Großteil der Suppe in die Flasche."

Er starrte sie an. Was redete sie nur?

„Bitte, Christian, tu, was ich dir sage."

Er fuhr mit seiner Hand in ihre Haare. „Liebste, ich muss mich um dich kümmern."

„Du brauchst Beweise. Die Flasche kann mein Vater untersuchen."

„Aber was ist mit deinen Schmerzen?"

„Es geht, aber tu, was ich dir gesagt habe."

Christian sah auf die Flaschen auf dem Tisch und dann auf die Suppe.

„Aber Eloise, du musst dich täuschen. Du hast doch nur einen einzigen Löffel gegessen."

Sie legte ihre Hand auf seine Wange und drehte seinen Kopf zu sich. „Ich habe *einen* Löffel gekostet. Überlege dir, was wäre, wenn du die Suppe verzehrt hättest."

~~~

„Eloise, Eloise." Sie spürte ein Rütteln an ihrem Arm. Benommen sah sie auf, direkt in das Gesicht von Christian.

„Wie geht es dir, Liebste?"

„Schwach, glaube ich. Habe ich geschlafen?"

„Ja, du hast mir gesagt, dass ich dir ein paar Tropfen des Laudanums geben soll."

Richtig, sie konnte sich erinnern. „Wie spät ist es?", fragte sie und sah auf das Licht der Kerze auf seinem Nachttisch.

„Zehn Uhr abends."
~~~

Sie ließ ihren Kopf sinken. „Also habe ich nur zwei Stunden geschlafen."

Er streichelte über ihre Wange. „Ich habe mir solche Sorgen um dich gemacht."

„Du solltest dir keine Sorgen um mich machen, sondern um dich."

Christian küsste ihre Stirn. „Um uns beide. Und ich habe nachgedacht. Aber erst ..."

Er lehnte sich vor und legte seine Lippen auf ihre. Er nahm sanft ihre Unterlippe zwischen seine, dass ein sanftes Kribbeln durch ihren Körper fuhr. Sie schloss die Augen und hob ihren Arm, um ihre Hand in seinen Nacken zu legen. Ihre Fingerspitzen berührten den Ansatz seiner Haare.

Christian intensivierte seinen Kuss. Es entstand ein Rhythmus zwischen ihnen, der immer fordernder wurde. Seine Zunge berührte ihre Lippe und glitt in ihren Mund. Er strich über ihre Zunge wie über eine köstliche Süßspeise.

Er wollte sie nicht nur in seinen Armen. Er wollte sie ganz für sich. Eloise konnte es fühlen.

Viel zu schnell endete diese innige Berührung.

„Während du geschlafen hast, habe ich nachgedacht." Er richtete sich auf und hielt sie weiter in den Armen. Beinahe wie ein Baby.

„Wenn du recht hast - und ich vertraue dir - dann gibt es jemand, der darauf wartet, dass ich einen Anfall bekomme, meinen letzten."

Sie schnappte nach Luft. Ihre Finger krallten sich in seine Jacke. Daran hatte sie nicht gedacht.

„Was willst du tun?", fragte sie leise wie aus Angst, dass sie jemand belauschen könnte.

„Ich könnte so einen Anfall nicht vortäuschen. Nicht so."

Eloise richtete sich weiter auf, dass ihre Gesichter dicht voreinander waren. „Und jetzt?"

„Ich muss fort. *Wir* müssen fort."

„Aber wohin?"

„Irgendwo, wo mich niemand vermutet."

„Hast du eine Idee wohin? Vielleicht ein Freund?"

Seine Miene verdüsterte sich. „Es kann niemand sein, den ich kenne. Ich kann nicht einmal meiner eigenen Schwester trauen. Wie sollte ich es dann bei einem Freund?"

Eloise biss sich auf den Knöchel ihres Zeigefingers. „Aber was willst du dann machen?"

Er legte seine Hand auf ihren Hinterkopf und zog sie dicht an sich, dass seine Lippen über ihre Ohrmuschel strichen, während er redete: „Es muss jemand sein, den du kennst. Dem du vertraust. Jemand, der überhaupt kein Interesse an mir hat."

Eloise fühlte sich noch immer recht benommen. Ihre Gedanken kamen ihr immer noch verworren vor. Die meisten Leute, die sie kannte, waren Familien, in denen sie gewesen war, um jemand zu pflegen. Keine Menschen, zu denen sie einfach so mit dem Lord kommen konnte.

„Da gibt es nur einen Menschen, der mir einfällt."

Christian zog die Augenbrauen zusammen. „Wen?"

„Meinen Vater."

Christian sah auf die Fenster. Die Vorhänge waren noch nicht verschlossen worden und ließen den Blick in das Samtblau der beginnenden Nacht, das die Landschaft in ihr mysteriöses Dunkel hüllte.

„Aber Gracie weiß doch, wo dein Vater lebt."

Eloise schüttelte den Kopf. „Ich habe es nie erwähnt. Ich habe damals auf eine Zeitungsanzeige von ihr geantwortet. Die Adresse, die ich angegeben hatte, unter der sie mich erreichen konnte, war eine Familie, bei der ich mich vorher um die Tante gekümmert hatte."

„Sie weiß auch nicht, dass du aus Elderhurst kommst?"

„Nein, ich habe nur meine Referenzen angegeben. Deine Schwester war so froh, eine Pflegerin gefunden zu haben, dass sie keine weiteren Fragen gestellt hat. Ihr ist nur bekannt, dass mein Vater Apotheker ist."

„Es gibt viele Apotheken in England." Christian hatte recht. „Wir werden nicht viel mitnehmen können. Was ist das Dringendste, was du brauchst?"

„Zwei Bücher." Sie würde weder Finnegan noch ihre Liebesbriefe an ihn hierlassen.

„Finnegan?", fragte er schmunzelnd.

Sie löste sich aus seinen Armen und setzte sich auf. „Ja, und noch eins. Ein Wichtiges."

Ein Grinsen erschien auf seinem Gesicht. „Ein Tagebuch?"

Eloise wich seinem Blick aus. „Etwas Ähnliches." Sie hatte nicht vor, ihm zu gestehen, dass sie schon als junges Mädchen Seiten um Seiten Liebesbriefe an ihn - vielmehr Finnegan geschrieben hatte.

Sie setzte sich auf die Bettkante.

„Gut, sag mir, wo es ist, und ich werde es holen." Christian erhob sich bereits von seinem Sitzplatz.

Eilig griff sie nach seinem Arm. „Das geht nicht. Du kannst nicht einfach durch das Haus spazieren. Du hast selbst gesagt, es gibt jemand, der darauf wartet, dass es dir wieder schlechter geht."

Er stemmte seine Hände in seine Seiten und ging einige Schritte auf und ab.

„Was schlägst du vor?"

„Ich hole alles, was wir brauchen."

„Schaffst du das?“ Auf seinem Gesicht zeichnete sich Besorgnis ab. Er kannte diese Zustände und wie man sich danach fühlte.

Eloise stand auf und hatte das Gefühl, ihre Knie würden nachgeben. Glücklicherweise stand er an ihrer Seite und legte sofort seinen Arm um sie, um sie aufzufangen.

„Und du willst allein gehen?“

„Du weißt, ich muss.“

„Nein, ich lasse dich nicht allein.“ Er zog sie enger an sich und seine Brust. Wenn sie ehrlich war, gab es keinen Ort auf der Welt, an dem sie lieber wäre. Aber es war zu gefährlich für ihn.

„Christian, sei doch vernünftig.“

„Das bin ich, Liebste. Aber du bist so unvernünftig.“

Sie strich über seine Wange. „Mach dir keine Sorgen, ich schaffe das schon.“

„Oh, ich fühle mich schrecklich, dich so gehen lassen zu müssen. Bist du dir sicher, dass du es bewältigen kannst?“

Sie nickte.

Erst jetzt ließ er sie langsam und behutsam aus seinen Armen.

Sicherheitshalber begleitete er sie bis zur Zimmertür. „Gut, geh du, aber wenn du nicht in fünf Minuten wieder hier bist, komme ich dir nach.“

„Christian, …“

„Keine Diskussion.“

Sie drückte die Klinke herunter und ging auf den Flur. Ihre Beine fühlten sich wackeliger an, als sie es Christian gegenüber hatte zugeben wollen.

Vorsichtig setzte sie einen Schritt vor den anderen. Der Flur war leer, und außer das Geräusch ihrer eigenen Schuhe, die auf den Teppich traten, war nichts zu hören.

Eloise ging eng an der Wand entlang. Ihr blieb immer noch die Möglichkeit, sich dort abzustützen, wenn es nötig wäre.

Plötzlich wurde eine Tür zu ihrer Rechten geöffnet.

Erschrocken wich Eloise zurück.

„Oh, Entschuldigung. Habe ich Sie erschreckt?" Gracie Bradford stand vor ihr.

„Ich dachte, Sie wären unten beim Dinner." Eloise hoffte, dass Gracie nicht den zittrigen Unterton in ihrer Stimme hörte.

„Oh, Doktor Blake und ich haben schon gegessen, wir sitzen noch auf einen Kaffee zusammen. Wir sprachen gerade über dieses Buch, da war ich es schnell holen."

Gracie hielt einen ledergebundenen Band in die Höhe.

Eloise nickte und wollte bereits weitergehen, als Christians Schwester sie erneut ansprach: „Miss Padgett, wie geht es eigentlich meinem Bruder?"

„Ihrem Bruder?" Misstrauisch überlegte Eloise, was sie antworten sollte. Inwieweit konnte sie seiner Schwester vertrauen? „Gut so weit. Er sagte, er wolle sich zu Bett begeben." Gracies Arm legte sich auf Eloises. „Hat er denn etwas gegessen? Ich war in Sorge, weil er sich bei dem Dinner mit Doktor Blake entschuldigen lassen hat."

„Doch schon." Eloise versuchte überzeugend zu klingen.

Auf dem Gesicht der Miss erschien ein Lächeln. „Oh, da bin ich aber froh. Ich war schon in Sorge. Eigentlich habe ich bereits überlegt, selbst noch einmal nach ihm zu schauen, aber wenn Sie sagen, dass er zu Bett will, werde ich besser davon absehen."

~~~

Christian sah noch einmal über seine Schulter zum Haus. Alle Fenster schienen dunkel, doch zwischen den schweren Vorhängen der Bibliothek war Licht zu sehen.

Er hatte das Licht der Öllampe im Stall bereits so weit heruntergedreht, dass er kaum selbst gesehen hatte, was er tat.

Nun löschte er das Licht ganz.

„Wird es bei dir gehen, Liebste?" Seine Augen gewöhnten sich schnell an die Dunkelheit, dass er Eloises Konturen ausmachen konnte. Solange er mit dem Pferd beschäftigt gewesen war, hatte sie dort gesessen. Sie sollte sich schonen.

Der Weg würde beschwerlich genug.

Für sie beide.

„Ja, ja. Mach dir keine Sorgen wegen mir."

Aber natürlich machte er sich Sorgen, er konnte sich vorstellen, wie es ihr ging. Ihr stand gewiss nicht der Sinn nach einem nächtlichen Ausritt in der Dunkelheit.

Er griff nach den Zügeln seines Pferdes. Eloise erhob sich. Um ihr etwas Sicherheit zu geben, legte er seinen Arm um ihre Taille.

„Morgen früh wird man bemerken, dass eines der Tiere fehlt. Genauso wie wir. Aber dann sollten wir bereits bei deinem Vater sein."

Christian war sich nicht sicher, ob er es erzählte, um sie zu beruhigen oder sich selbst. Immerhin war es schon mehr als ein Jahr, seit er das letzte Mal auf dem Rücken eines Pferdes gesessen hatte.

Gemeinsam schlichen sie sich über die Auffahrt. Das Pferd an seiner Leine trabte gemütlich neben ihm her. Es
~~~

machte so weniger Lärm und erregte geringere Aufmerksamkeit, als wenn sie geritten wären. Immer wieder sah Christian über seine Schulter zurück zum Haus. Er kniff die Augen ein wenig zusammen, um genauer zu sehen, ob er eine Bewegung an den Vorhängen sah oder sonst eine Regung im Haus.

Er hoffte, dass man sich noch Zeit lassen würde, bis man ihr Verschwinden bemerken würde. Zeit genug, damit man sie nicht mehr einholen konnte.

Kaum auszudenken, was passieren würde, wenn seine Schwester sein Fehlen bemerkte, während der Doktor noch zu Gast war. Dieser würde gewiss keine Sekunde zögern, die Verfolgung aufzunehmen. Nur schon allein, um sich weiter in das Herz seiner Schwester zu schmeicheln.

Umso wichtiger, dass sie schnell vorwärtskamen.

Eloise gab sich Mühe mitzuhalten. „Geht es bei dir?“, fragte er nochmal.

Sie nickte nur. Sie erreichten das schmiedeeiserne Tor der Auffahrt, als Christian auf einmal Stimmen vom Haus her hörte.

Hatte man ihr Verschwinden bereits bemerkt? Hastig sah sich Christian um.

„Was hast du?“, fragte Eloise leise.

„Scht.“ Vorsichtig zog er einen Ast einer Hecke zur Seite und späte hindurch zurück zum Haus.

Seine Schwester stand mit Doktor Blake auf den Stufen des Eingangs. Sie plauderten und lachten.

Gracie strich ihm den Kragen der Jacke glatt. So weit waren die beiden also schon, dachte er bei sich.

Eloise trat dicht an seine Seite.

„Der Doktor?“

„Ja, wir sollten sehen, dass wir verschwinden. Ich weiß nicht, ob der liebe Doktor zu Fuß da ist oder zu

Pferd. Wenn er jemand in den Stall schickt, wird man recht schnell feststellen, dass mein Pferd fehlt.

Eloise griff fest in den Stoff seiner Jacke.

„Was tun wir?"

„Wir reiten."

Mit klopfendem Herz setzte er seinen Fuß in den Steigbügel. Konnte er so eine lange Strecke nach all der Zeit noch bewältigen? Und wenn Eloise unrecht hatte und er auf halben Weg einen Anfall bekam?

Galant ließ er sich in den Sattel gleiten. „Kannst du deinen Fuß in den Steigbügel setzen?", fragte er Eloise.

„Ich weiß es nicht."

Er hörte bereits das Pfeifen des Arztes auf dem Weg.

„Beeil dich."

Sie setzte ihren Fuß in das Eisen und versuchte, sich vergeblich hochzuziehen. Natürlich, sie war noch zu schwach.

„Versuch es noch einmal."

Er lehnte sich herüber und griff nach ihr und zog sie zu sich hoch. Etwas unsanft landete sie vor ihm auf dem Sitz. Sie saß seitlich zu ihm.

„Kannst du dich festhalten. Ich werde schnell reiten, damit man uns nicht so leicht einholen kann."

Sie nickte und lehnte ihren Kopf an seine Brust.

Seine Hacken berührten die Flanken des Pferdes und es setzte sich in Bewegung.

So schwer, wie er es sich vorgestellt hatte, war es nicht. Sie galoppierten die Straße hinunter, bis sie den Weg erreichten, der durch die Felder führte. Noch einmal trieb er sein Pferd an, dass sie durch die Nacht jagten.

Christian betete, dass sie sicher ihr Ziel erreichten.

Und vor allem unbemerkt.

~~~

Eloises Finger schlugen vor das Holz der Tür. Sie wartete einen Moment, ehe sie wieder klopfte. Es musste doch jemand da sein.

Klopf, Klopf.

Ungeduldig trat sie auf der Stelle.

Ein Lichtschein hinter dem bunten Glas der Tür.

Das Drehen eines Schlüssels.

„Wer ist denn da?"

Die Tür schwang auf.

„Eloise?" Ihr Vater sah sie erstaunt an.

„Können wir hereinkommen, Vater?"

Der Blick des älteren Mannes fiel auf ihre Begleitung. Christian war um ein Lächeln bemüht. „Guten Morgen, Mr Padgett."

„Vater?" Eloise zog ihre Augen groß und sah ihren Vater abwartend an.

„Ja, natürlich. Kommt herein."

Sie schlüpften durch die Tür in die Apotheke.

Es war etwas Seltsames mit ihrem Vater. Auf ein Klopfen an der Haustür hätte er sich nicht gerührt. Aber wenn jemand an der Ladentür klopfte, wurde er wach. Egal, wie tief er geschlafen hatte.

Es war offensichtlich, dass sie ihn geweckt hatte. Er hatte seinen Morgenrock an und eine Hose, in die er nur sehr nachlässig sein Nachthemd gestopft hatte.

„Was machst du hier?", fragte er, als sie im Ladeninneren waren.

Die Kerze hatte ihr Vater auf den Verkaufstisch gestellt.

„Können wir vorerst bei dir bleiben."
~~~

Wieder fiel der Blick seiner kleinen Augen auf Christian.

„Das ist Christian Bradford, der Lord of Waldridge. Christian, das ist mein Vater Henry Padgett."

„Ich freue mich, Sie kennenzulernen, Mr Padgett."

„Mylord." Die beiden Männer reichten sich die Hände.

„Es tut mir leid, dass wir dich aus dem Bett geholt haben, aber es ist dringend."

Wieder sah ihr Vater zwischen ihnen beiden hin und her. „Aber was gibt es denn, Kind?"

„Der Lord und ich sind - geflohen, könnte man sagen." Sie blickte unsicher auf Christian. Wie sollte sie ihrem Vater alles, was passiert war, nur erklären?

„Geflohen?"

„Na ja, nur im weitesten Sinne. Wir haben dir auch etwas mitgebracht."

Eloise griff nach der Kuriertasche, die Christian schräg über seinem Körper trug. Sie öffnete schnell den Knebel und zog vorsichtig eine Flasche hervor.

„Das hier."

Ihr Vater, wissbegierig wie immer, griff sich die Glasflasche und zog den Korken heraus, um daran zu riechen.

„Kürbissuppe? Das ist sicher eine der außergewöhnlichsten Behältnisse für eine Kürbissuppe, die ich je gesehen habe."

Er stellte die Flasche auf den Apothekentisch.

„Eine besondere Suppe, würde ich sagen." Eloise sagte es fast entschuldigend.

„Gut, dann lass mich mal probieren."

„Oh Gott, nein." Christian griff nach der Hand ihres Vaters, an dessen Zeigefinger dieser bereits etwas der Suppe vom Korken abgestrichen hatte.

„Was ist denn, Mylord?“

Eloise eilte an seine Seite. Sie legte ihre Hand auf seinen Arm.

„Ich weiß doch, du bist auch mit Laborarbeiten vertraut. Ich habe die Vermutung, dass diese Suppe – vergiftet ist.“

„Vergiftet?“ Die Stimme ihres Vaters ging gleich einige Oktaven höher.

„Ja, Vater.“

„Du machst Witze!“ Er steckte den Korken zurück in die Flasche und stemmte seine Hände in die Seiten, wie er es immer tat, wenn sie etwas angestellt hatte.

„Oder du hast eine schwer kranke Tochter und – Schwiegersohn.“

Christian sah kurz zu ihr und dann auf den empörten Blick ihres Vaters.

„Schwiegersohn?“

„Eher Verlobter. Ich wollte Sie auch um Erlaubnis bitten, aber bis jetzt hatte ich nicht viel Zeit dafür.“

Wieder sah ihr Vater sie ernst an. „Ist das der Herr, wegen dem du mir geschrieben hast?“

Sie wusste, dass auch er strickt gegen die Vermischung von Arbeit und Gefühl war.

„Ja, das ist er. Aber wir kannten uns schon von früher.“ Sie legte ihre Hand auf den Rücken von Christian.

„Früher wann?“

Warum musste sich ihr Vater mehr für Christian interessieren als für das mögliche Gift in der Flasche?

„Früher hier aus der Apotheke. Also siehst du nach?“

„Wann hier aus der Apotheke?“

Sie rollte die Augen. Konnte man in der Tat so stur sein?

„Vor vielen Jahren. Wir haben uns sehr gefreut, als wir uns wieder getroffen haben. Also siehst du nach, ob etwas in der Suppe ist oder muss ich selbst ins Labor gehen."

Ihr Vater gab einen schnaubenden Laut von sich.

Sie wusste nur zu gut, was für ein heiliger Ort sein Labor für ihren Vater war und dass er ihr unter keinen Umständen Zutritt an die Apparaturen gegeben hätte.

„Auf was tippst du denn bei dem Gift?"

„Arsen."

Ihr Vater lachte. „Arsen. Das wäre recht einfallslos."

Christian legte seinen Kopf auf die Seite. „Wieso einfallslos?"

„Weil es heutzutage in der Gerichtsmedizin genug Teste gibt, um es nachzuweisen. Arsen ist schon recht aus der Mode gekommen, da viel zu leicht nachweisbar."

„Außer man tarnt es als langwierige Krankheit", ergänzte Eloise seinen Gedankengang.

„Außer dann, aber immer noch ein recht gewagtes Spiel, wenn ihr mich fragt. Und das tut ihr ja gerade. Oder nicht?"

Kapitel 7

Christian sah auf die große Standuhr. Das Pendel schwang im Inneren immer wieder von einer zur anderen Seite. Das untere Messingstück blitzte regelmäßig auf, weil die Uhr an einer Seite von den ersten hereinfallenden Sonnenstrahlen getroffen wurde.

Christian saß auf dem alten Sofa und sah dem immer gleichmäßig hin und her schwingenden Pendel zu.

Das Zimmer erschien ihm unverändert, als wäre seit dem Tag, an dem das vierzehnjährige Mädchen ihn hineinbat, kein einziger Tag vergangen. Aber das Mädchen war nun eine erwachsene Frau und hatte ihren Kopf auf seinem Schoß gebettet. Sie hatte sich nicht sofort so hingelegt. Zuerst war sie an seiner Schulter eingeschlafen, und dann irgendwann hatte sie sich im Halbschlaf auf die Seite gelegt. Er war sich nicht einmal sicher, ob ihr bewusst gewesen war, dass er ihr gemütliches Kissen war.

Vermutlich nicht.

Aber es war auch nicht weiter wichtig.

Er ließ seine Finger über ihre Haare gleiten, bis zu dem Knoten, der sich schon halb gelöst hatte. Vorsichtig griff er nach der Haarspange, die er ihr einen Tag nach ihrem kleinen Kuss zurückgegeben hatte.

Er legte das Stück Holz auf einen Tisch neben sich und sah dabei zu, wie sich ihre Haare immer weiter ausbreiteten.

Über ihren Rücken.

Über sein Bein.

Und es war vermutlich der schönste Anblick, den er je gesehen hatte.

Ein Klirren aus dem Nebenraum.

Erstaunt blickte Christian auf.

Ein weiteres Geräusch.

Eine Tür, die sich öffnete.

Mr Padgett kam in den Wohnbereich.

Er wischte sich seine Hände an einem alten Tuch ab und sah lange auf seine Tochter und ihn.

„Sie ist eingeschlafen." Christian bemühte sich, möglichst leise zu reden, damit Eloise nicht wach wurde. „Sie war heute sehr tapfer. Ihre Tochter ist eine wunderbare Frau."

Mr Padgett ging zu dem Sessel links neben Christian und setzte sich.

„Ja, da haben Sie recht, Mylord."

„Und? Zu welchem Ergebnis sind Sie gekommen?" Christians Herz hämmerte in seiner Brust. Wenn der Apotheker sagte, dass Eloise recht hatte, bedeutete das, dass er ein gesunder Mann war. Aber es jemand in seinem Umfeld gab, der seinen Tod wollte.

Wenn sie kein recht hatte, bedeutete es andererseits, dass er ein kranker Mann war. Der die Frau, die er liebte, angesteckt hatte. Spätestens nach dem Kuss, den er ihr nach dem Anfall gegeben hatte. Und da war sie wieder, die Schuld, die auf seine Schultern drückte, als wäre sie eine unendlich schwere Last.

„Eloise ist ganz meine Tochter. Sie hatte recht. Es ist Arsen in der Suppe gewesen. Das auch noch recht hochkonzentriert. Hat jemand von Ihnen von der Suppe gegessen?"

„Eloise."

Die Brauen des Apothekers schnellten in die Höhe. „Wie viel?"

„Wenn es hochkommt, vielleicht einen Löffel."

Mr Padgetts Hand mit dem Tuch sank langsam zu seinem Knie.

„Zum Glück. War es Eloises Suppe?"

„Nein, meine." Christian sah zu Boden. Er schämte sich sogar dafür, dass sie den Löffel gegessen hatte und nicht er.

„Da ich nicht denke, dass Sie sich selbst die Suppe derart *würzen*, muss ich sagen, jemand hat versucht, Sie zu vergiften, Mylord. Denn diese Portion wäre - und das garantiere ich Ihnen - tödlich gewesen."

Christian sah wieder auf Eloise, die immer noch schlafend auf seinem Schoß lag.

„Haben Sie eine Ahnung, wer das getan haben könnte?"

Christian schüttelte den Kopf. „Nein."

„Dann wäre es besser, herauszufinden, wer es gewesen sein kann. Nicht weniger als Ihr Leben hängt von dieser Frage ab."

„Das weiß ich."

Christian presste die Lippen angespannt aufeinander.

„Aber da gibt es noch etwas. Ich glaube, Sie hatten bis jetzt nicht die Zeit, mit mir darüber zu reden."

Christian sah auf und wusste erst nicht, auf was Mr Padgett anspielte. Natürlich, die Verlobung.

„Ach so, ja. Mr Padgett, Sie haben so eine wundervolle Tochter."

„Ja, die viel zu halsstarrig ist. Sie wollte unbedingt immer als Pflegerin arbeiten. Ich verstehe diesen Wunsch beim besten Willen nicht, aber ich habe ihren Träumen nie im Weg gestanden. Nicht einmal, wenn ich sie nicht verstehe."

Christian wunderte sich, ob der Apotheker dieses auch auf ihre Verlobung bezog.

„Aber ich wollte Sie nicht unterbrechen, Mylord." Mr Padgett machte eine Handbewegung, dass Christian weiterreden sollte.

„Ihre Tochter und ich - also. Ich würde Sie gern um die Hand Ihrer Tochter bitten, Sir."

Eloises Vater legte den Kopf auf die Seite. „Sehen Sie, Mylord. Natürlich hätte ich nichts dagegen, Ihnen die Hand meiner Tochter zu geben."

Christian schluckte.

Das klang nicht gut.

„Aber sehen Sie, sind Sie sich ganz sicher, dass es nicht nur ist, weil Eloise nett zu Ihnen war, als es Ihnen schlecht ging? Verzeihen Sie, wenn ich so direkt frage, aber ich habe so etwas selbst gesehen."

Christian war überrascht. „Sir, wie meinen Sie das? Ich dachte, Ihre Tochter hatte bisher nur weibliche Schützlinge."

Mr Padgett lachte. „Ja, da haben Sie recht. Ich habe auch nicht über Eloise geredet, sondern über meine Frau - meine verstorbene Frau."

Der Blick von Mr Padgett verlor sich in der Ferne. Seine Lippen pressten sich aufeinander.

Christian wagte nicht, ihn anzusprechen, da er ihn nicht stören wollte, an dem Ort, an dem er in diesem Moment gedanklich war.

Der Apotheker holte mit einem Mal tief Luft und sah Christian mit flatternden Augenlidern an, wie wenn man aus einem tiefen Traum erwachte.

„Haben Sie etwas gesagt, Mylord?"

„Nein. Ihre Tochter erwähnte bereits, dass Ihre Frau auch Pflegerin war."

Mr Padgett lehnte sich zurück. „Ja, sie war in Anstellung bei dem Onkel des jetzigen Barons."

„Bei Augustus?", rief Christian fast etwas zu laut. Schnell versicherte er sich, dass er Eloise nicht geweckt hatte.

„Ah, ich sehe, Sie kennen den Baron näher."

„Ja, wir sind - oder waren vielmehr befreundet. Wir haben seit einem Jahr nicht mehr viel voneinander gehört."

„Auf jeden Fall der Onkel des Barons glaubte sich auch schrecklich verliebt in meine Frau. Er muss ihr auch einige Heiratsanträge gemacht haben."

„Aber sie hat sich für Sie entschieden."

„Ja, wir haben uns hier in der Apotheke kennengelernt, weil sie ein Medikament für ihren Schützling besorgen sollte."

Christian verstand nach dieser Erzählung, warum sich Eloises Vater Sorgen machte, dass es bei ihm genauso wäre.

„Ich verstehe Sie, Sir. Aber Ihre Tochter und ich kennen uns schon länger, wie wir feststellen mussten. Wir haben uns hier in der Apotheke kennengelernt, vor vielen Jahren."

Mr Padgett zog die Augenbrauen zusammen. „Wann soll das gewesen sein?"

Christian überlegte sich, ob er sich mit diesem Hinweis nicht in ein schlechtes Licht gerückt hatte. Immerhin war Eloise noch fast ein Kind gewesen.

„Ihre Tochter war damals vierzehn. Ich bin vom Pferd gefallen, direkt vor Ihrer Apotheke. Sie hat mir die Hand verarztet."

Der Mund des Apothekers öffnete sich, ohne dass er etwas sagte. Dann begann er zu lachen. „Nein, Sie sind Finnegan?"

Christian musste schmunzeln bei der Erwähnung des Namens.

„Der Name sagt Ihnen etwas?"

„Oh, meine Tochter hat mir damit keine Ruhe gelassen. Sie hat mir einige Wochen jeden Tag erzählt, dass ein Mann namens Finnegan zu uns zum Tee kommen würde. Wenn ich mich richtig erinnere, hat sie sogar jeden Tag ein Gedeck mehr zum Tee aus dem Schrank geholt. Ich war mir nur nie sicher, ob es wirklich einen Mann mit dem Namen gegeben oder ob ihr ihre Fantasie einen Streich gespielt hat. Es ist sicher nicht einfach als Tochter des Apothekers ohne Mutter. Alle Leute der Gegend kommen mit ihren Weh-Wehchen zu mir, und ich nehme mir meist die Zeit, ihnen zuzuhören. Da ist nicht immer viel Zeit für Eloise übriggeblieben, wie ich zu meiner Schande gestehen muss."

Christian strich wieder über die Haare von Eloise. „Nein, sie hat mich tatsächlich zum Tee eingeladen, aber ich habe einfach nicht geschafft vorbeizukommen."

„Aber wie ist sie nur auf den Namen Finnegan gekommen? Oder waren Sie unter falschem Namen hier?"

Nun musste auch Christian lachen. „Nein, Sir. Finnegan ist eine Romanfigur aus einem der Bücher Ihrer Frau."

„Ist das so?" Mr Padgett sah nachdenklich auf seine Tochter.

„Wenn Eloise sich sicher ist und Sie liebt, dann habe ich nichts dagegen, wenn sie Sie heiratet. Aber bitte, ziehen Sie sie nicht in irgendetwas hinein. Sie ist alles, was mir von meiner Frau geblieben ist."

Wieder bekam Eloises Vater diesen fernen Blick. Bevor Christian etwas sagen konnte, stand Mr Padgett auf und ging zur Tür.

„Sie sollten schnell überlegen, wer Ihnen nach dem Leben trachtet, Mylord. Und wagen Sie sich nicht, Eloise in Gefahr zu bringen."

~~~

Das gewohnte Ticken der Standuhr war das erste, das Eloise hörte, als sie wieder aufwachte. Sie rieb sich über die Augen und richtete sich etwas auf.

Eine Hand strich über ihren Hinterkopf. Verwundert sah sie auf.

„Und Liebste, wie geht es dir?"

„Das Schlafen hat gutgetan. Aber sag, …" Sie setzte sich auf. „Ist Vater mit der Untersuchung schon fertig?"

Christian strich über ihre Wange. „Ja, und du hattest recht."

„Es war also Gift." Sie konnte selbst nicht glauben, dass jemand so etwas in die Suppe des Lords getan haben könnte.

Vor allem, warum sollte jemand Christians Tod wollen?

Wieder fiel ihr Blick auf Christian und sie spürte erneut diese Wärme für ihn in ihrer Brust. Wer konnte dem Mann schaden wollen, an den sie ihr Herz verloren hatte?
~~~

Es konnte kein Fremder sein, denn wie hätte er sich Zugang zu White Rose Hall verschaffen sollen und das Gift in Christians Essen tun können? Es war gut, dass sie hierher nach Elderhurst gekommen waren. Hier war er vorerst in Sicherheit.

„Aber wie geht es dir? Der Ritt war doch sicher auch sehr anstrengend für dich."

Sie strich über seine Brust.

„Ich hatte es mir ehrlich gesagt schlimmer vorgestellt. Es zieht etwas in den Beinen, aber das ist überlebbar. Es fühlt sich immer noch alles wie ein böser Traum an. Mit einem Schlag habe ich alle Leute verloren, die mir etwas bedeutet haben. Niemand, den ich kannte, kann ich noch vertrauen."

Sein Blick fiel auf Eloise. „Außer dir und deinem Vater. Du bist die Einzige, bei der ich mir sicher sein kann. Sogar Gracie könnte es gewesen sein. Es ist so ein schrecklicher Gedanke."

Ihre Hand legte sich auf seine Wange. „Ich weiß. Es tut mir leid."

Er umfasste ihre Hand und zog sie an seine Lippen. Er küsste jeden ihrer Finger einzeln. „Ich müsste glücklich sein zu wissen, dass ich nicht schwer krank bin, aber dieser Gedanke, dass es jemand gibt, der mich Tod sehen wollte, ist mindestens genauso schlimm."

Eloise presste ihre Lippen auf Christians Wange. „Aber hier bist du in Sicherheit."

„Ja, vorerst. Aber du wirst nicht abstreiten können, irgendwann werde ich zurückmüssen. Irgendwann."

„Aber dieses Irgendwann muss nicht heute sein, auch nicht morgen. Erst einmal wichtig ist, dass du wieder zu Kräften kommst."

Christian machte einen gequälten Gesichtsausdruck. „Und was, wenn derjenige es jetzt auf Gracie abgesehen hat? Ich war immer für meine kleine Schwester da. Als wir niemand mehr hatten, war ich ihre ganze Familie. Wie kann ich sie jetzt mit all dem allein lassen?"

Eloise konnte seine Sorge verstehen. Sie sah es an seinen angespannten Gesichtszügen. Er war genug liebender Bruder, um seine Sachen zu nehmen und sofort wieder zurückzukehren. Auch wenn es vielleicht sein Verderben bedeutete.

„Aber überleg doch, derjenige hat sich ein Jahr Zeit gelassen, hätte er Gracie treffen wollen, hätte er genügend Zeit und Möglichkeiten gehabt. Oder nicht?"

Christian ließ seinen Kopf sinken. „Du hast recht. Und trotzdem fühle ich mich schrecklich."

„Ich weiß, aber ich würde es nicht ertragen, dich so wieder zurückzuschicken. Komm zu Kräften, und wir denken zusammen mit meinem Vater nach, wer so etwas getan haben könnte."

Christians schweres, tiefes Seufzen und das angespannte Zucken in seiner Wangenmuskulatur sprach deutlich von den Zweifeln, die er hatte. Er erhob sich. „Ich weiß nicht, vielleicht ist es doch besser …"

Eloises Herz begann schneller zu schlagen. Er würde doch nicht wirklich zurückwollen?

Plötzlich griff er nach der Lehne des Sessels neben sich. Schnell ließ er sich auf seinen Sitzplatz zurückfallen. Er blinzelte mit den Augen.

„Oh mein Gott, Christian", rief Eloise ängstlich aus.

Er stieß ein unsicheres Lachen aus. „Scheinbar ist der Ritt doch nicht so spurlos an mir vorbeigegangen."

Eloises Vater erschien in der Tür. „Was ist denn hier los?"

„Christian geht es nicht gut", rief Eloise ihrem Vater zu. Dieser eilte sofort an Christians Seite.

„Was haben Sie, Mylord?"

Christian winkte ab. „Es ist nichts. Mir war nur kurz ein wenig schwindelig und schwach auf den Beinen. Es geht gleich sicher wieder."

Eloises Vater sah ihn nachdenklich an. „Wie lange haben Sie nichts mehr gegessen, Mylord?"

Christian machte erneut ein verdrießliches Gesicht, als wenn man ihn an eine Pflicht erinnerte, die er lange aufgeschoben hatte.

„Gestern zum Lunch einige Toasts mit Gurken."

„Toasts mit Gurken? Und seit dem nichts?"

Christian schüttelte seinen Kopf.

Eloises Vater seufzte und sah auf seine Tochter. „Und du?"

Sie wich seinem Blick aus. „Ich habe gestern das Lunch ausfallen lassen."

Ihr Vater sah an die Decke des Zimmers und stieß ein Stöhnen aus. „Also habe ich hier zwei halb verhungerte Herrschaften sitzen. Die lieber wissen wollen, ob Gift in einer Kürbissuppe ist, als dass sie selbst Interesse an etwas wirklich Genießbarem haben."

Eloise kicherte schuldbewusst. „Aber es war dringend, Vater."

„Ja, nur nutzt euch die Erkenntnis wenig, wenn ihr entkräftet seid, weil ihr nichts gegessen habt."

Ihr Vater schüttelte den Kopf. „Ich werde jetzt in die Küche gehen und euch etwas zu Essen machen. Garantiert giftfrei, und danach geht ihr hoch und legt euch hin. Beide. Wird wirklich Zeit, dass hier jemand Vernünftiges den Ton angibt."

Ihr Vater brummte noch einige weitere Sachen vor sich hin, während er das Zimmer verließ.

„Ist dein Vater immer so?", fragte Christian grinsend.

„Ja, in den meisten Fällen. Er mag unvernünftige Menschen nicht sonderlich."

~~~

Christian sah auf Mr Padgett, der geschäftig das Bett des Gästezimmers bezog.

„Bitte, Sir. Das könnten Sie doch auch mich selbst machen lassen." Christian war es unangenehm, dass sein zukünftiger Schwiegervater für ihn die Arbeit erledigte, die zu Hause in White Rose Hall seine Bediensteten ausgeführt hätten. Es gab ihm das Gefühl, ein Snob zu sein, dass sich zu der Schuld Gracie gegenüber und der quälenden Frage, wer es auf sein Leben abgesehen hatte, gesellte.

„Hören Sie, Junge. Sie sind in meinem Haus, als mein Gast. Erstens kann ich hier Betten beziehen, so viele und so oft ich will, zweitens sehe ich Sie nicht in der Verfassung, es selbst zu machen."

Christian musste schmunzeln. „Aber es ist mir schon peinlich. Immerhin sind Sie mein zukünftiger Schwiegervater."

Mr Padgett ließ die Bettdecke und das Laken sinken und sah ihn prüfend an. „Dann überlegen Sie sich lieber, in welchem Zustand Ihre zukünftige Frau Sie gesehen hat, dann reden wir weiter."

Christian hatte verstanden, dass Mr Padgett keine Widerworte duldete, und von ihm waren keine weiteren zu erwarten.

Insgeheim war er Eloises Vater dankbar, dass er all die Dinge für ihn machte, von dem Bett bis zu dem vorzüglichen Frühstück und den Magentabletten, die er ihm zur Vorsicht gegeben hatte, falls sein Magen noch gereizt war.
~~~

„Ich danke Ihnen, Mr Padgett."

Dieser strich noch einmal prüfend die Bettdecke glatt. „Schon gut, Mylord."

„Bleiben Sie doch bei Junge."

Der ältere Mann sah auf und musste selbst schmunzeln. „Ich war etwas verärgert, das nehmen Sie mir doch nicht krumm. Oder Junge?"

„Überhaupt nicht."

An Christians Seite erschien Eloise, die in der Tür stand. „Hier seid ihr. Christian, ich wollte dich bitten, mir das zu geben, was wir mitgenommen haben, als wir das Herrenhaus verlassen haben."

„Du meinst die Bücher?", fragte er.

Eloise warf einen hastigen Blick auf ihren Vater, als wäre es ihr unangenehm, dass er ihre Unterhaltung mitbekam.

„Bücher? Ihr habt Bücher mitgenommen?" Die Stirn ihres Vaters legte sich in Falten.

„Ich wollte sie nicht zurücklassen", erklärte Eloise, als wenn es eine Antwort auf die Frage ihres Vaters wäre.

Christian stellte seine Kuriertasche, die er in seiner Hand gehabt hatte, auf einen Stuhl neben der Tür, schlug die Frontklappe zurück und griff nach den beiden Büchern, die sie ihm gegeben hatte. In der Tasche hatte er nicht viel, nur einige Papiere und einige persönliche Dinge.

„Hier, bitte schön." Er reichte Eloise die Bücher, die sie sofort an ihre Brust drückte und mit ihren Armen umschlang. Dabei spielte ein schüchternes Lächeln um ihre Lippen, das Christian sofort wieder an das junge Mädchen erinnerte, das ihm die Hand verbunden hatte.

„Ist das nicht das Buch, das ich dir gegeben hatte?", fragte ihr Vater und trat näher an sie heran.

„Ja." Eloise sah verlegen zu Boden.

„Was hattest du da noch einmal hineingeschrieben? Gedichte an Finnegan? Nein, warte, es waren Liebesbriefe, oder?“

Erschrocken sah sie auf. Erst zu ihrem Vater, dann zu Christian.

„Woher - weißt du?“

Mr Padgett zuckte mit den Schultern. „Du hast die Seiten nicht direkt in deinem Zimmer beschrieben, sondern unten in der Küche oder in der Apotheke. Es war kaum zu übersehen.“

Mr Padgett ging ungerührt an ihnen vorbei.

„So, ich gehe hinunter und sperre mal die Apotheke auf. Sonst wundern sich die Leute noch, ob ich zu einem Langschläfer geworden bin.“ Er lachte laut auf.

„Ich komme später auch herunter. Vielleicht kann ich dir helfen, Vater.“

Abrupt blieb er stehen und sah zwischen seiner Tochter und Christian hin und her.

„Euch ist schon klar, dass ihr die Zeit, in der ihr hier seid, euch nicht in der Apotheke oder in der Gegend sehen lassen dürft?“

Mr Padgetts Worte waren streng. Zuerst glaubte Christian, dass es war, weil er nicht wollte, dass man in der Gegend darüber redete, dass Lord Bradford und die Tochter unverheiratet unter demselben Dach lebten. Doch dann dämmerte ihm, dass ihr Vater recht hatte. „Sie meinen, damit uns niemand sieht, falls man nach uns -vielmehr mir sucht.“

„Darauf können Sie Gift nehmen.“ Mr Padgett räusperte sich. „Entschuldigt. Die Wortwahl war vermutlich in diesem Fall nicht die passendste, aber ja, genau darum ging es mir. Man sollte schlafende Hunde nicht wecken. So sind Sie hier erst einmal sicher. Wenn es aber überall bekannt ist, dass Sie hier sind, …“

„Ich versteh schon, wir werden hier im Haus bleiben", versicherte ihm Christian. Er musste an Augustus denken, der nur wenige Meilen die Straße herunter lebte.

Wenn ihm bekannt wäre, ob durch eine Begegnung oder durch Hörensagen, dass er, Christian, hier in der Gegend war, bestand die Möglichkeit, dass er es Gracie sagte. Sie müsste nur Anfragen, weil sie in höchster Sorge um ihren verschwundenen Bruder war, ob seinem Freund etwas bekannt war.

Und dann wären sie alle drei - Christian, Eloise als auch ihr Vater - nicht mehr sicher.

„Gut, ich bin unten." Mr Padgett ging zu der Treppe ins Erdgeschoss. „Und ab mit euch ins Bett. Aber jeder in seins. Das hier ist ein anständiges Haus."

Christian musste wieder schmunzeln. „Ich mag deinen Vater."

„Ja, er ist ein guter Vater."

„Und du eine gute Tochter."

Christian legte seine Hand auf Eloises Schulter. Sie umfasste die Bücher in ihrer Hand noch fester.

„Eloise, es gab nichts, was du hättest tun können, damals."

„Aber ich habe immer das Gefühl, als wenn ich meiner Mutter etwas schuldig wäre."

Er zog Eloise enger an sich, dass sie ihren Kopf vor seine Schulter legen konnte. „Ich weiß. Aber ich glaube, alles, was sie sich für dich wünschen würde, ist, dass du ein Leben führst, das dich glücklich macht. Nur dann wäre ihr Opfer nicht sinnlos gewesen."

Eloise biss sich auf die Lippe. „Aber ich denke oft, dass ich mehr tun müsste. Mehr sein."

Christian strich mit seinen Händen zu ihren Wangen und hob ihren Kopf, dass er ihr in die Augen sehen konnte. Ihre Lidränder glitzerten bereits feucht, und er wusste, sie kämpfte mit den Tränen.

„Du bist die wunderbarste Frau, die ich kenne. Und ich kenne einige. Aber ich wüsste keine, die so mutig und intelligent ist wie du. Deine Mutter wäre stolz auf dich. Außerdem, was kannst du mehr wollen als ein gerettetes Leben?"

Ihre Augen tasteten unruhig über sein Gesicht. „Wie meinst du das?"

„Liebste, hast du noch nicht gemerkt, *du* hast Finnegan das Leben gerettet. Ohne dich, würde ich vielleicht nicht mehr leben. Immerhin hast du erkannt, dass in der Suppe Gift war. Ich hätte sie möglicherweise doch irgendwann aus Hunger gegessen. Und du weißt, wie das geendet wäre."

Die ersten Tränen rannen über die weiche Haut ihres Gesichtes. Christian lehnte sich vor und küsste die feuchten Tropfen von ihren Wangen. Sie legte ihre Hand in seinen Nacken, und ihr Mund suchte seinen. Erst nur eine zarte Berührung, die schnell in leidenschaftlichere Küsse wechselte.

Gott wusste, wie viel ihm diese Frau bedeutete. Wie sehr er sie berühren wollte, wenn sie so in seinen Armen lag, ihre Körper eng aneinander. Wenn sich ihre weiblichen Formen so perfekt an seinen maskulinen Körper schmiegten, dass ihm heiß wurde.

Außer Atem zog er seinen Kopf zurück.

„Sag, habe ich damals solch einen großen Eindruck auf dich gemacht, dass du Liebesbriefe an Finnegan verfasst hast? Was hast du geschrieben?"

Eloise wand sich aus seinem Arm und lief auf den Flur. Grinsend warf sie ihm einen Handkuss zu.

„Das verrate ich dir vielleicht nachher. Bis später, Finnegan."

~~~

„Also, verrätst du mir, was du mir in den Liebesbriefen geschrieben hast – oder vielmehr Finnegan?"

Eloise sah erstaunt von ihrem Bett auf, das sie gerade dabei war, neu zu beziehen.

Christian lehnte lässig in der Tür. Die Hände hatte er auf seinem Rücken und ein Bein etwas vorgestreckter als das andere.

Drei Tage waren vergangen, und sie hatte gehofft, dass sie mit der Sache davongekommen war. Christian hatte nicht weiter gefragt, und sie hatte geglaubt, er habe es über alles andere vergessen. Immerhin gab es noch die Frage, wer das Gift in die Suppe gemischt hatte.

„Oh, die Briefe", sagte sie ausweichend und stopfte das Laken weiter in die Kante zwischen Bettrahmen und Matratze.

„Ja, du hattest gesagt, du verrätst es mir zu einem anderen Zeitpunkt."

„Ich sagte, vielleicht", korrigierte sie ihn, ohne aufzusehen.

„Nur vielleicht?" Er schien enttäuscht.

Eloise richtete sich wieder auf. „Ja, vielleicht."

„Was muss ich denn tun, um aus dem *Vielleicht* ein *Gern-Jetzt* zu machen?"

Er stieß sich von der Tür ab und schlenderte auf sie zu. Ob er ahnte, wie verführerisch er dabei aussah?

Schnell sah sie weg, denn sonst hätte sie ihm sicher jedes ihrer *Jung-Miss-Geheimnisse* anvertraut. Dieser Blick von ihm hatte die Kraft, Eloise fühlen zu lassen, wie das
~~~

junge Mädchen in der Apotheke, das den Gentleman recht unbeholfen vom Pferd fallen gesehen hatte. Direkt vor ihrer Apotheke. Vielmehr, der ihres Vaters. Ein Umstand, der aber nicht viel änderte. Denn es musste Schicksal sein, dass er genau hier gestürzt war.

Ob sie heutzutage noch so viel an Schicksal glaubte wie damals, wusste sie nicht sicher. Es waren aber durchaus besondere Umstände, dass sie sich nach all den Jahren wiedersahen - Finnegan und sie.

Und mehr noch, dass sie jetzt sogar verlobt waren. Sie seufzte leise.

„Also, was muss ich tun?" Christian stand mittlerweile direkt neben ihr. Seine Hand strich ihren Oberarm langsam hinauf, dass sie selbst unter dem Stoff ihres Kleides eine Gänsehaut bekam.

„Es sind dumme Sachen, die eine junge Miss so schreibt. Denk an deine Schwester in diesem Alter und was sie geschrieben hätte."

Seine Hand glitt weiter über ihre Schulter zu ihren Haaren, die sie locker zusammengebunden hatte. Seit sie hier waren, hatte sie keinen einzigen Tag mehr ihren Knoten getragen. Sie hatte sich oft vor dem Spiegel besehen, ob Christian recht hatte. Es machte sie alt. Seither hatte sie sie offen oder zusammengebunden getragen. Es war nicht die neuste Mode an Frisur, wie sie seine Schwester trug. Aber außer mit dem Knoten hatte sie auch, was sie zu ihrer Schande gestehen musste, nicht viel Ahnung davon, wie man eine solche Frisur machte.

Christian griff nach einer Haarsträhne und wickelte sie um seinen Zeigefinger.

„Du und meine Schwester, ihr seid sehr unterschiedliche Personen. Ich glaube kaum, dass sich Gracie in dem Alter um einen Verwundeten gekümmert hätte."

Eloise musste schmunzeln. „Du warst kein Verwundeter. Du hattest eine Schürfwunde. Ich wette, du bist öfter vom Pferd gefallen als dieses eine Mal.“

Er trat noch dichter an sie heran, dass sich ihre Füße fast berührten. „Was ist dein Wetteinsatz?“

„Du willst sicher auch noch das zweite Strumpfband.“

Er lachte in einem warmen, angenehmen Ton.

„Ich hätte an etwas anderes gedacht.“

Er neigte seinen Kopf und küsste ihren Hals.

„Christian!“

„Ich dachte, an eine Seite deines Buches, die du mir vorliest.“

„Wie willst du es beweisen?“ Sie schloss die Augen und genoss sein sanftes Knabbern an ihrem Hals.

„Glaubst du, ich lüge dich an?“

Plötzlich spürte sie, auf was für einem gefährlichen Pfad sie waren. Sie wäre bereit, ihm mehr zu geben, als es ihr Vater unter seinem Dach erlauben würde. Und das trotz dessen Missfallen, das sie auf sich ziehen würde, sollte er jemals davon erfahren.

„Bitte, Christian“, sagte sie eilig und legte ihre Hände auf seine Brust. „Es war wirklich nur dummes Mädchengeschreibsel. Du würdest mich auslachen und für immer damit aufziehen.“

Christian ließ sich auf das frisch gemachte Bett plumpsen. „Ist das so?“

Sie nickte eifrig und war erleichtert, dass sich die Spannung zwischen ihnen langsam wieder auflöste.

Christian griff nach ihrer Hand und schwenkte sie hin und her. „Schade, ich hätte gern gewusst, was du damals über mich gedacht hast.“

Sie schwiegen einen Moment. Gut, das Thema war vom Tisch. Er verstand, wie peinlich es ihr war, und sie war erleichtert.

Spielerisch kitzelten seine Finger sie in der Handinnenfläche. Sie musste lachen und wollte ihre Hand zurückziehen, als er plötzlich vorschnellte, sie um die Taille faste und zu sich auf das Bett zog.

Sie landete mit einem kleinen Schrei neben ihm auf der Matratze.

„Christian!"

„Oh, ich bin einige Male vom Pferd gefallen, aber nie vor den Augen einer Miss. Schon gar nicht - so einer hübschen Miss."

Christian lehnte sich über sie und küsste wieder ihren Hals. „Hast du damals *davon* geträumt?"

Wenn sie ehrlich war, war es viel besser, als sie es sich ausgemalt hatte.

Ihre Hände glitten in seine Haare, während seine über ihre Seiten strichen.

Mit Schrecken stellte sie fest, dass sie bereit wäre, sich ihm jetzt und hier zu schenken. Ihr Blick fiel auf die Zimmertür, die immer noch ein Stück offen stand. Wenn ihr Vater vorbeikäme, gäbe es Ärger, Lord oder Verlobung hin oder her.

Christian küsste weiter ihren Hals. Geschickt zog er sie noch näher an sich.

Ihre Hand tastete nach der Schublade ihres Nachttisches. Sie zog sie auf und holte das Buch hervor.

„Aber nur, wenn du mir versprichst, nicht über mich zu lachen."

Christian sah auf. Sie hielt ihm das Buch hin.

„Wollen wir nach unten in den Wohnbereich gehen?"

Kapitel 8

„Lieber Finnegan,
ich kann gar nicht glauben, dass du wirklich in der Apotheke warst. Ich meine manchmal, es war nur ein Traum. Aber das warst du nicht. Wir wissen es beide. Und bald wird es auch Vater wissen, denn ich glaube, er glaubt mir nicht, dass es dich tatsächlich gibt. Spätestens, wenn du zum Tee zu uns kommst und um meine Hand anhältst.

Ich weiß, ich bin noch zu jung zum Heiraten. Aber du wirst dich sicher gedulden können, bis ich alt genug bin, damit du mich zu dir holst."

Christian blätterte weiter.

„Finnegan, heute, als ich mit Vater in der Apotheke war, habe ich wieder nur an dich gedacht. Ob du gut riechst? Ich kann mich gar nicht mehr erinnern. Mir ist nur der Geruch des Jods, womit ich deine Wunde behandelt habe, noch in Erinnerung. Aber ich bin sicher, dass du riechst wie eine Wiese bei Mondschein."

Christian fragte sich bei diesen Zeilen, wie eine Wiese bei Mondschein duftete. Ob er ohne dieses Wissen etwas Entscheidendes in seinem Leben verpasst hatte?

Und eine weitere Frage beschäftigte ihn. Woher wusste sie, wie eine Mond beschienene Wiese roch? Hatte sie sich nachts heimlich aus dem Haus gestohlen?

Er sah zu Eloise herüber, die mit gesenktem Kopf neben ihm auf dem Sofa saß und auf ihre Hände blickte.

„Wie riecht eine Mondscheinwiese?", fragte er und ließ das Buch in seinen Händen ein wenig sinken.

„Oh, das. Keine Ahnung. Ich dachte immer, es müsste dann besonders - ich weiß auch nicht - süßlich riechen. Ich durfte nachts nicht aus dem Haus. Und du weißt doch, verbotene Sachen klingen immer reizvoll."

„Du meinst, Finnegan war auch so eine verbotene, reizvolle Sache?"

Eloises Wangen färbten sich in ein zartes Rosa, als sie wieder auf ihre Hände sah.

„Bist du eigentlich ein guter Küsser? Gewiss bist du es, du bist sicher ein sehr erfahrener Mann. Ich hoffe, du bringst mir dann auch alles über das Küssen bei."

Wieder sah Christian auf Eloise. Er lehnte sich zu ihr herüber. „Hey du."

Sie sah auf.

Ohne zu zögern, schlang er seinen Arm um sie und nahm ihre Unterlippe zwischen seine Lippen. Sie gab einen überraschten Laut von sich und wollte erst wegziehen, doch er ließ sie nicht. Er öffnete seinen Mund ein Stück und sie folgte ihm. Ihr Atem mischte sich. Ihre Zungen berührten sich sanft.

„Und? Bin ich ein guter Küsser?", fragte er grinsend.

„Ein hervorragender, Finnegan", antwortete sie ebenfalls belustigt.

Christian konzentrierte sich weiter auf die Zeilen.

„Finnegan, wann kommst du denn endlich? Vater lacht schon über mich, weil ich jeden Tag ein Teegedeck für dich herrichte. Ich dachte schon, dass du heute zu uns kommst. Ich habe dich an der Apotheke vorbeireiten sehen. Du hast im Sattel gesessen wie ein wahrer Gentleman.

Mein Herz hat höhergeschlagen, als du zu mir herübergesehen hast. Oh, ich bin so verliebt. Und dann winkst du mir auch noch zu. Ich weiß, du wirst kommen. Ich werde treu auf dich warten."

Christian überblätterte einige Seiten.

„Was du machst, ist nicht richtig, Finnegan. Du musst doch zurückkommen, um mich zu heiraten. So war es in der Geschichte auch. Oder denkst du jetzt auch schlecht von mir wegen Mutter? Ich glaube, Vater wird es mir nie verzeihen. Ich sehe es in seinen Augen. Gerade in letzter Zeit ist er wieder so traurig.

Übrigens, morgen ist mein Geburtstag. Wenn du morgen nicht kommst, werde ich kein Gedeck mehr für dich rausstellen. Aber du kommst doch, Finnegan, oder? Du hast mich nicht vergessen, oder? Du denkst doch noch an deine kleine Helferin, nicht wahr?"

Christian schlug das Buch zu und sah einen Augenblick auf den schlichten Einband.

„Ich habe dir das Herz gebrochen, habe ich recht?", fragte er nach langem Nachdenken.

Sie winkte ab. „Es war eine verstiegene Mädchenfantasie."

„Nein, ich meine es ernst."

Eloise sah ihn an. „Es ist wirklich alles in Ordnung."

Aber er erkannte an ihrer Stimme, dass sie log. Sie rieb sich über die Stirn. „Es war klar, dass du kaum Interesse haben würdest, mit einer Vierzehnjährigen Tee zu trinken, die sich dazu auch noch über beide Ohren in dich verliebt hatte."

Sie lachte, obwohl es verzweifelt klang.

„Hast du wirklich geglaubt, dass ich nicht gekommen bin wegen deiner Mutter?"

„Warum fragst du mich sowas?", fuhr sie ihn an.

„Sag mir ehrlich, hast du das geglaubt?"

Sie presste die Lippen aufeinander und sah ihn zögerlich an. „Ja." Sie spuckte das Wort aus wie etwas Widerwärtiges.

„Aber Eloise."

„Du weißt nicht, wie es war. Jeden meiner Geburtstage redeten die Leute, die in die Apotheke kamen, mit Vater. Sagten, wie schrecklich leid ihnen alles täte. Und er - er war so traurig. Aber - aber es war doch mein Geburtstag. Niemand hat sich gefreut, alle haben nur eine finstere Miene gemacht. Oder armes Kind zu mir gesagt."

Plötzlich brachen bei Eloise alle Dämme, und sie begann zu weinen. Sie riss sich die Hände vor das Gesicht und schluchzte laut auf.

Christian legte ihr Buch auf den Tisch vor sich und seine Arme um sie.

Sie drückte sich an seine Brust. „Ich dachte, wenn du kommen würdest, würdest du dich mit mir freuen. Aber dann kam mir der Gedanke, dass du mich für genauso schrecklich halten könntest wie alle anderen."

Christian hörte ihr geduldig zu. Einige ihrer Worte drohten in dem Schluchzen unterzugehen. Doch

Christian hielt sie einfach in seinen Armen und wiegte sie wie ein kleines Kind.

„Wenn wir verheiratet sind, werden wir an deinem Geburtstag eine große Teegesellschaft geben oder ein abendliches Fest mit Musik und Tanz. Und alle Leute werden kommen, um dir zu gratulieren. Würde dir das gefallen?"

Ihr Weinen verebbte langsam. Ihr Körper zitterte noch immer. „Das musst du nicht."

„Warum nicht? Du hast es dir immer gewünscht. Und denkst du nicht, dass deiner Mutter gefallen würde, dass du dein Leben feierst?"

Wieder herrschte einen Moment schweigen, aber er ließ ihr die Zeit, die sie brauchte.

„Wir sollten nicht über solche Dinge nachdenken, Christian. Immerhin gibt es noch jemand in White Rose Hall, der deinen Tod will. Und diesen jemand sollten wir so schnell wie möglich finden."

~~~

„Also, was wissen wir?", fragte Eloise und tauchte die Feder in das schlichte Tintenfass. Mit der anderen Hand strich sie über das Blatt Papier vor sich.

„Also, wir sind uns einig, dass es eine Person sein muss aus deinem unmittelbaren Umfeld. Richtig?"

Christian ging vor ihr im Zimmer auf und ab.

„Richtig", sagte er und warf einen kurzen Blick auf die Standuhr. Es war bereits später Nachmittag und ihr Vater würde bald seine Apotheke für Kunden zusperren.

„Wen gibt es in White Rose Hall, der infrage kommt? Deine Schwester Gracie."
~~~

Sofort blieb Christian stehen und sah sie mit vorwurfsvollem Blick an. „Dass es Gracie war, kann ich mir beim besten Willen nicht vorstellen."

Eloise fuhr sich mit der Federfahne über ihr Kinn. „Ich sage gar nicht, dass sie etwas mit der Sache zu tun hat, aber wir wollen doch eine Liste machen mit *allen* Personen."

Christians Unterlippe schob sich vor und zurück. Seine Hand fuhr über seinen Nacken. Alles an ihm widerstrebte auch nur dem Gedanken, dass seine Schwester irgendwie involviert sein könnte.

„Na gut, dann schreib Gracie auf. Aber ich sage dir, sie hat gewiss nichts damit zu tun."

Eloise nickte. Sie wollte Christian nicht widersprechen. Ihr selbst war seine Schwester auch nicht so vorgekommen, als wenn sie zu so etwas fähig war. Aber sie mussten alle Möglichkeiten in Betracht ziehen. Es wäre zu gefährlich, Personen gleich auszuschließen, weil sie nicht den Eindruck vermittelten, zu so einer Gemeinheit fähig zu sein.

Sauber schrieb sie in die oberste Ecke *Gracie*.

„So, wer noch?"

Christian ging wieder im Zimmer auf und ab. Eloise vermutete, dass es ihn beruhigte. Es musste sehr beunruhigend sein zu wissen, dass ein Giftmörder in seinem näheren Umfeld war.

Selbst Eloise lief dabei ein Schauer über den Rücken, wenn sie nur schon daran dachte, was passiert wäre, wenn sie mehr von der Suppe gegessen hätte.

„Da ist natürlich das Personal. Die Köchin, ein Küchenmädchen – um genau zu sein, die Tochter der Köchin und des Butlers. Die beiden sind verheiratet, und schon seit ich denken kann im Haus. Dann mein Kammerdiener und die Zofe von Gracie, aber die beiden haben wir von unseren Eltern übernommen. Und dann ist da noch Rina, sie ist so ziemlich die neuste im Haushalt."

Eloise notierte alle Namen nebeneinander und wie lange sie schon im Haus waren.

„Was ist mit dem Verwalter?", fragte sie und sah zu Christian auf.

„Auch schon länger in unseren Diensten. Aber er hat auch so keinen Zugang zu White Rose Hall oder meinem Essen. Er lebt im Verwalterhaus, ganz an der Außenkante des Grundstücks."

„Aber du hattest Krämpfe am Abend nach seinem Besuch, das hat mir deine Schwester erzählt."

Christian wiegte seinen Kopf von einer auf die andere Seite. „Ja, schon. Aber ich habe währenddessen nichts gegessen oder getrunken. Nicht so weit ich mich erinnere. Aber da fällt mir ein: Einen Anfall hatte ich, als der Verwalter auf dem Pferdemarkt in London gewesen war. Er war mehrere Tage nicht da gewesen."

Eloise fuhr sich über die Stirn. „Also kann er es nicht gewesen sein."

Christian schüttelte seinen Kopf. Eloise sah wieder auf die Liste vor sich. „Aber von den anderen könnte es jeder gewesen sein. Die Köchin hatte Zugang zu deinem Essen, genauso wie ihr Mann und ihre Tochter. Gebracht wurde es dir meist von Rina. Und auch deine Schwester hätte sich gewiss Zugang zu dem Essen verschaffen können."

Christian blieb wieder stehen. „Ich sage dir, sie war es nicht."

„Schon gut. Es war nur ein Gedanke." Eloise hob beschwichtigend die Hand. Auch wenn er es nicht gern hörte, aber Gracie hätte die Möglichkeit gehabt. Auch wenn er es nicht in Betracht ziehen wollte, behielt Eloise den Gedanken im Hinterkopf.

„Sonst noch jemand?“ Sie betrachtete die Liste. Wenn sie keine gute Idee hatten, würde es schwer werden, weiter jemand auszuschließen.

„Nein, nicht das mir einfällt.“

Eloise seufzte. Wie sollten sie weitermachen? Wie konnten sie von hier aus der Ferne demjenigen auf die Schliche kommen, der das Gift in die Suppe getan hatte?

„So, die Apotheke ist geschlossen“, verkündete ihr Vater und kam in das Zimmer. „Oh, was macht ihr denn da? Gästelisten für die Hochzeit?“

Ihr Vater griff wie jeden Abend zu der Tabakdose, die er auf dem Kaminsims liegen hatte und seiner Tonpfeife.

„Wir versuchen, Personen auszuschließen, von denen wir meinen, dass sie Christian das Gift nicht verabreicht haben können.“

Ihr Vater warf einen Blick über ihre Schulter. „Weit seid ihr nicht gekommen.“

Eine nicht sehr hilfreiche Anmerkung von ihm, wo sie ihren Vater sonst als einen großen Verstandesmenschen kannte.

„Erzähl mir einmal, was ihr bis jetzt habt.“ Ihr Vater öffnete das Keramikgefäß, in dem er den Tabak mit einem Hauch Whiskey lagerte. Sofort nahm Eloise den gewohnten Geruch war.

Sie zählte noch einmal alle Personen von ihrer Liste auf und welche Position sie im Haus hatten. Dazu erklärte sie ihm, in welcher Beziehung sie zueinander standen.

„Ihr habt den Arzt noch gar nicht genannt.“

„Doktor Blake?“, fragte Christian überrascht.

„Vater hat recht, wir sollten ihn mit auf die Liste nehmen. Immerhin war er an dem Abend der Kürbissuppe bei euch zum Dinner eingeladen."

„Ja, weil Gracie ihn unbedingt da haben wollte."

Eloises Vater steckte sich ein Streichholz an und entzündete damit die gestopfte Pfeife. „Es gibt zwei simple Fragen, die ihr euch stellen solltet."

„Und welche wären das, Ihrer Meinung nach?"

Ihr Vater ließ sich in einen Sessel in der Nähe des Kamins sinken. „Das werde ich euch gern sagen. Aber lasst mich kurz meine Pfeife genießen."

~~~

„Also, wer von den Herrschaften auf eurer Liste hätte denn etwas von Ihrem Tod, Mylord?"

Christian sah zu Eloise herüber. „Niemand. Für die Angestellten würde sich nicht viel verändern."

Mr Padgett lehnte sich in seinem Sessel vor. „Aber irgendwer - und verzeihen Sie mir die Direktheit - aber irgendjemand wird doch den ganzen Besitz erben."

Christian blieb stehen und legte seine Hände auf seinem Rücken ineinander. „Nach meinem Tod würde der Besitz an meine Schwester gehen, was mir die größten Sorgen bereitet. Sie hat sich nie sonderlich für die Bewirtschaftung des Grundes interessiert. Warum auch? Sie hatte mich."

Mr Padgett nickte auf eine Art, wie es Christian nicht gefiel.

„Gut, und dann die zweite Frage: Wer hätte das Wissen, um solch eine Tat zu begehen?"
~~~

Nun sah auch Eloise ihren Vater stirnrunzelnd an. „Du weißt selbst, wie leicht man an Arsen als Rattengift kommt."

Ihr Vater nickte. „Du hast recht, es ist nicht schwer erhältlich. Aber das ist an dieser Stelle auch nicht der Punkt, auf den ich hinauswill. Wir haben es hier schließlich nicht mit jemand zu tun, der sich, woher auch immer, das Gift beschafft. Denn derjenige gibt nicht gleich eine tödliche Dosis, sondern schafft es ein Jahr lang, dass Gift so zu dosieren, dass es schwere Anfälle hervorruft, aber nicht zum Tode führt. Eloise, du bist eine Apothekerstochter. Könntest du das?"

Eloise ließ die Feder sinken und sah auf das Blatt Papier. Seufzend hob sie ihren Kopf, und ihr Blick traf sich mit Christians.

„Nein, vermutlich nicht. Ich müsste probieren. Mit einer kleinen Dosis anfangen und dann steigern."

„Hatten Sie das Gefühl, dass es so war, Mylord? Sie können sicher am besten die Anfälle beurteilen."

Christians Mund wurde trocken. „Nein, die ersten Anfälle waren in etwa gleich stark und dann ein stärkerer, gefolgt von schwächeren."

„Der stärkere Anfall kam plötzlich?"

Christian nickte, ohne zu wissen, worauf der Apotheker hinauswollte.

„Aber er hat Sie - Gott sei Dank - nicht umgebracht. Derjenige wusste, wie weit er gehen konnte. Und da kommt mir noch ein Gedanke. Die Person scheint auch zu wissen, dass Arsen sich schnell nachweisen lässt. Seit ein paar Jahren fallen Arsenmorde auf. Es lässt sich nicht mehr wie früher vertuschen. Weshalb derjenige die Sache auch in den Mantel einer langsam schlimmer werdenden Krankheit gehüllt hat."

Eloise sah ihren Vater lange an.

„Ich denke", fuhr er fort: „Ihr könnt das Küchenmädchen streichen. Wie sieht es mit ihren Eltern aus? Wissen Sie etwas über deren Hintergrund?"

„Die Köchin war selbst Kind einer Köchin, und der Butler ist schon in zweiter Generation bei uns."

„Dann denke ich relativ sicher sagen zu können, dass ihr die beiden auch streichen könnt."

Christian trat näher an Eloise heran. Er sah auf das Blatt vor ihr und die letzten Namen, die übergeblieben waren. „Aber Doktor Blake?" Es war kaum vorstellbar, dass der Arzt in die Sache involviert war.

Eloises Vater machte einen nachdenklichen Laut. „Für ihn spräche, diese seltsame Medikamentierung. Aber soweit ich mich erinnere, müsste noch ein Name auf dem Zettel bleiben."

Wieder sah Christian zu Eloise herüber. Diese biss sich auf die Unterlippe.

„Nein, nicht Gracie. Sie hat damit nichts zu tun."

Mr Padgett legte die Pfeife beiseite. „Wenn Sie mich fragen - und so ungern ich es auch sage - scheint mir Ihre Schwester doch das stärkste Motiv zu haben. Ich kenne sie nicht und weiß nicht, ob sie zu so etwas fähig ist, aber sie ist diejenige, die Sie, Mylord, beerbt. Sie ist diejenige, die überall im Haus Zugang hat, auch zu Ihrem Essen. Und wenn ich mich nicht täusche, erwähnte Eloise, dass sie und der Arzt eine Neigung füreinander haben. Also hätte sie auch Zugang zu dem nötigen Wissen."

„Nein. Nein, das kann nicht stimmen. Nicht Gracie." Christian schüttelte heftig den Kopf, ehe er sich herumdrehte und auf die Tür des Zimmers sah.

Nicht Gracie.

Sie würde ihm nie etwas Böses wollen.

Niemals.

Sie war seine kleine Schwester. Sie war diejenige, um die er sich, seit er zweiundzwanzig war, gekümmert hatte. Mehr, als es ihrer beider Vater je getan hatte.

Alles, was sie gewollt hatte, und dass er möglich hatte machen können, hatte er ihr gegeben.

„Nein, nicht Gracie“, wiederholte er, wobei seine Stimme zitterte.

„Oder sie haben sich zusammengetan. Das wäre die einzige Lösung, die ich sehe.“

Christians ganzer Körper spannte sich an. Seine Hände ballten sich zu Fäusten. „Mr Padgett, hören Sie umgehend auf, so von meiner Schwester zu reden. Sie hat damit nichts zu tun.“

Der Apotheker sah auf. Ungerührt von dem Ärger, der sicher leicht war, von Christians Gesicht abzulesen.

„Mylord, Sie sollten diese Möglichkeit in Betracht …“

„Nein, das werde ich gewiss nicht. Dieser - dieser Zettel ist doch vollkommener Unsinn. Das führt doch zu nichts. Das - das ist nichts als Schwachsinn.“

Aufgebracht fuchtelte er mit dem Finger in der Luft herum. Dieses dumme Gerate brachte sie nicht weiter.

Es war vertane Zeit.

Und er?

Er würde sich diesen Unsinn nicht weiter anhören.

Gracie hatte damit nichts zu tun, dessen war er sich sicher.

„Mylord, …“, setzte der Apotheker an. Aber er würde sich keine weiteren Beleidigungen seiner Schwester gegenüber anhören.

„Nein, vergessen Sie es.“

Christian riss die Tür auf und stürmte aus dem Zimmer.

Es konnte nicht stimmen. Gracie hatte nichts damit zu tun.

~~~

„Natürlich, es ist eine schreckliche Erkenntnis." Eloises Vater erhob sich und ging herüber zu dem gardinenverhangenen Fenster. Es war selten, dass er das tat. Für gewöhnlich hatte er keinen Drang dazu, die Leute, die an dem Haus vorbeiflanierten, zu beobachten. „Aber du wirst zugeben müssen, dass es nicht von der Hand zu weisen ist."

Eloise sah wieder auf den Zettel vor sich. „Aber ehrlich, Vater. Ich kann es mir auch nicht vorstellen, dass sie so etwas tun würde."

Ihr Vater warf ihr einen kurzen Blick zu, in dem ein Hauch von einem Tadel lag. „Wie lange hast du sie gesehen und wie viel hattest du mit ihr zu tun, dass du sie meinst, so gut einschätzen zu können?"

Eloise schluckte.

„Aber es wäre schrecklich für Christian."

„Ist es nicht so oder so schrecklich für ihn?"

Ihr Vater hatte recht. Wieder sah Eloise auf den Papierbogen vor ihr.

„Und was ist mit Doktor Blake? Er hätte das nötige Wissen. Und denk nur an die seltsame Medikamenten-Liste."

Ihr Vater zuckte die Schultern. „Aber hatte er immer so weit zum Haus Zugang, dass er das Essen des Lords vergiften konnte?"

Eloise biss sich auf die Unterlippe. Wie sollte der Doktor an die Kürbissuppe gekommen sein? Vermutlich war der Teller direkt aus der Küche auf Christians
~~~

Zimmer gebracht worden. Auch Doktor Blake schien auszuscheiden.

Eloise schnippte die Finger. „Oder er hätte jemand im Haus, der ihm hilft."

Ihr Vater schnaubte: „Wen denn? Der Butler und seine Frau, die schon seit Jahren im Haus sind? Du weißt doch, wie ergeben solche Leute ihren Herrschaften sind. Sie würden eher alles tun, um Schaden von seiner Lordschaft abzuhalten. Und glaubst du, selbst wenn der Arzt bei seinen Besuchen, dem Dienstmädchen oder dem Küchenmädchen schöne Augen gemacht hätte, sie hätten nicht ziemlich schnell bemerkt, dass er auch mit der Schwester seiner Lordschaft anbandelt? Du hast selbst gesagt, dass du vermutest, dass der Doktor und die Schwester des Lords sich duzen. Meinst du, so was bleibt in einem solchen Haushalt lange ein Geheimnis? Vor allem das Dienstmädchen wäre sicher die erste, die es wüsste."

„Du hast recht." Eloise nickte. Wieder dachte sie an Christian und wie er sich fühlen musste.

„Vater, entschuldigst du mich kurz? Ich denke, es ist besser, ich gehe nachsehen, wie es Christian geht."

„Natürlich. Geh nur."

Sie erhob sich und verließ den Wohnbereich. Sie vermutete, dass sich Christian in seinem Zimmer aufhielt.

Eloise klopfte, doch es gab keine Antwort. Christian hatte doch nicht das Haus verlassen? Er wusste, wie leichtsinnig das wäre, wenn man ihn in der Gegend erkannte.

Nachdenklich, was sie tun sollte, ging sie zu ihrem Zimmer.

Sie drückte die Klinke herunter und schob die Tür auf.

Überrascht stellte sie fest, dass Christian auf ihrem Bett saß. Er hielt ihr Buch, das sie an Finnegan geschrieben hatte, in seiner Hand.

Seine Finger glitten über den Einband. Sie hatte plötzlich ein Bild vor Augen, wie sie unzählige Male dagesessen haben musste.

Als Christian sie bemerkte, sah er zu ihr auf. „Entschuldige, dass ich einfach so in dein Zimmer gegangen bin. Aber meins kam mir so verlassen vor."

Er sah wieder auf den Einband.

„Ich weiß, was du meinst."

„Hier hat sich alles nach dir angefühlt." Er lächelte traurig. „Denkst du, Gracie könnte …"

„Ich weiß es nicht", unterbrach sie ihn: „Ich kenne deine Schwester doch kaum."

Er nickte schweigend.

Eloise schloss die Tür und ging zu ihm herüber.

„Stört es dich, wenn ich mich zu dir setze?"

„Nein, überhaupt nicht." Ohne das er es gemusst hätte, rutschte er und machte weiteren Platz für sie.

Sie setzte sich neben ihn und legte ihre Hand auf seinen Rücken. „Ich kann mir nur vorstellen, wie es sich für dich anfühlen muss."

Immer noch sah er schweigend auf das Buch. Erst einige Augenblicke später schaute er auf. „Durch die ganze Sache ist mir etwas klar geworden. Du weißt, dass du noch der einzige Mensch bist, dem ich vertraue. Eloise, ich will dich nicht nur im Moment an meiner Seite, vielmehr immer. Heirate mich. Nicht irgendwann, sondern jetzt."

„Jetzt?" Sie lachte aus Überraschung. „Du vergisst das Aufgebot. Und die sechs Wochen Wartezeit."

„Wir sind nicht weit von der schottischen Grenze entfernt. Es wäre keine große Sache, dorthin zu reiten und zu heiraten.“ Christian ergriff ihre Hand.

„Aber denk daran, was Vater gesagt hat. Wir können nicht einfach durch den Ort reiten. Wenn man dich oder mich erkennt?“

Er sah auf ihrer beider Hand. „Willst du mich nicht mehr heiraten, Eloise?“ Langsam glitten seine Finger von ihren fort. Er schien enttäuscht. „Ich dachte, du hast es ernst gemeint. Aber ich kann auch verstehen, wenn du einen Mann wie mich nicht heiraten willst. Es ist auch wahrhaft viel verlangt. Vergiss es. Und - entschuldige bitte.“

Natürlich. Er musste ihre Argumente für Ausreden halten. Eloise schlang ihre Arme um seinen Hals. Sie legte ihre Stirn an seine Schläfe.

„Finnegan, du weißt, dass ich dich immer schon heiraten wollte. Und natürlich will ich es auch jetzt. Alles, was ich sage, ist, dass wir vorsichtig sein müssen, wenn wir nach Schottland reiten.“

Sein Gesicht hellte sich auf. „Heiraten wir dort?“

„Aber ja.“

Kapitel 9

Die Hufe des Pferdes donnerten über den Waldboden. Es dämmerte bereits, und Christian wollte noch vor Sonnenaufgang in Elderhurst sein. Leichter Morgendunst hing in der Luft und verschleierte etwas die Sicht.

Dennoch war er sich seines Weges sicher.

Eloise drückte sich enger an seine Brust. Sie saß vor ihm im Sattel und lächelte ihm zu.

Seit sie die kleine abgelegene Kapelle in Schottland verlassen hatten, schien sie die ganze Zeit zu strahlen.

„Und, sind Sie glücklich, Lady Bradford?", fragte er sie.

„Ja, sehr."

Ein Gefühl der Zufriedenheit machte sich in seiner Brust breit. Eloise war seine Frau. Es waren nicht die Umstände, unter denen er sich eine Trauung gewünscht hatte. Aber es änderte nichts daran, dass sein Wunsch erfüllt worden war. Sie war nun Eloise Bradford, Lady of Waldridge.

Seine Lady.

Heiraten war lange kein Thema für ihn gewesen. Erst weil er die Geschäfte seines Vaters hatte übernehmen müssen und sich um seine Schwester kümmern musste, dann die Sache mit seiner angeblichen Krankheit.

Und nun?

Nun war er verheiratet. Und glücklich, wie schon lange nicht mehr in seinem Leben.

In diesem Moment - irgendwo zwischen dunstverhangenen Feldern - fühlte er sich unbesiegbar. Ganz so, als wenn ihm niemand etwas anhaben könnte. Als wenn seine Liebe für Eloise eine sichere Rüstung war, die ihn vor jeglichem Angriff beschützen würde.

Wagemutig trieb er das Pferd noch weiter an.

„Christian, du wirst zu schnell“, rief Eloise ängstlich und krallte ihre Finger fester in seinen Stoff.

Er wusste, sie hatte recht und drosselte das Tempo der Stute.

„Was Vater sagen wird, wenn er die gute Nachricht von uns hört?“ Sie grinste.

„Er wird sich sicher gewundert haben, dass wir einfach einen ganzen Tag verschwunden sind, ohne eine Nachricht zu hinterlassen.“

Sie waren weit vor dem Morgengrauen im Dunkel aufgebrochen nach Schottland und hatten eine kleine Waldkirche auf dem Weg entdeckt. Eloise hatte sie besonders romantisch gefunden. Das alte Gebäude hatte ihm auch gefallen, und sie hatten haltgemacht.

Es war reines Glück gewesen, dass sie zufällig einen Pfarrer dort angetroffen hatten. Er hatte sie überrascht angesehen, als sie das Gotteshaus betreten hatten. Außer ihm war noch sein zuständiger Landlord dagewesen und ein weiterer Mann, dessen Namen Christian sich nicht hatte merken können.

Die Männer waren eigentlich nur dort gewesen, um Details zu einer Reparatur am Kapellendach zu besprechen.

Der Geistliche hatte nicht lange gebraucht, ehe er sehr direkt gefragt hatte: „Sind Sie eins dieser fortgelaufenen Paare?"

Und Christian hatte es nicht von der Hand weisen können. Immerhin musste es den Anschein haben, wie er mit Eloise unterwegs war.

Umso erstaunter war er gewesen, als der fremde Landlord angeboten hatte, warum sie nicht die Trauung gleich in der kleinen Kapelle durchführen würden, und sie hatten nicht abgelehnt.

Es war eine kleine Zeremonie gewesen, die trotz der Umstände, in seinen Augen, romantisch gewesen war. Den Rest des Tages hatten sie sich durch eine größere Stadt in der Nähe treiben lassen, bis es spät genug war, um wieder nach Elderhurst zurückzukehren.

Das Pferd erreichte den Ort, und Christian konnte schon die Apotheke der Padgetts sehen.

„So, da wären wir, Lady Bradford." Elegant half er ihr vom Pferd.

„Ich versorge kurz die Stute im Stall deines Vaters, und dann komme ich nach."

Eloise gab ihm einen Kuss. „Ich warte auf dich."

~~~

Eloise strich die Decke ihres Bettes glatt. Die ersten Sonnenstrahlen fielen durch die Fenster, und es war eine sündhafte Zeit, um sich schlafen zu legen.
~~~

Aber all das, war ihr egal. Sie war unendlich glücklich. Sie war Finnegans Frau. Er war wahrhaftig gekommen, um sie zu heiraten.

Der Gedanke zauberte ihr ein Lächeln auf die Lippen. Sie hatten einen ganzen Tag nicht an all die Schwierigkeiten gedacht, die ihr junges Glück belasteten. Es war einfach nur ein Tag gewesen, wo es nur um sie beide gegangen war.

Eloise griff nach den Vorhängen, um sie zuzuziehen, als es plötzlich an der Tür zaghaft klopfte.

„Ja?"

Die Tür wurde einen Spalt geöffnet und Christian sah hinein.

„Kann ich kurz hereinkommen?"

„Selbstverständlich." Sie schlenderte ihm entgegen.

„Ich hoffe, dein Vater hat mich nicht gehört."

„Er duldet keine Unanständigkeiten unter seinem Dach", ermahnte sie ihn grinsend.

„Aber bei einem Ehepaar kann er doch eigentlich nichts einzuwenden haben, oder?"

Er schlang seine Arme um ihre Taille.

„Nein, das kann er nicht." Ihr Grinsen war noch breiter geworden.

Christian streckte seinen Arm aus bis zur Tür. Er griff nach dem Schlüssel und drehte ihn im Schloss.

Es war eine Angewohnheit ihres Vaters, in jeder Tür den passenden Schlüssel stecken zu haben, um sie nicht zu verlieren.

Wer hätte gedacht, dass seine Angewohnheit noch nützlich sein würde.

„Und was wird das?", fragte sie interessiert.

Aber er antwortete nicht, sondern knabberte an ihrem Ohrläppchen. Leise flüsterte er: „Ist dies das Bett, in dem du von Finnegan geträumt hast?"

„Ja, sicher. Ich hatte das Bett schon seit ich …"

Mit seiner Nase schob er sanft ihren Kopf auf die Seite, um mit seinen Lippen besser ihren Hals zu erreichen.

„Und - wovon hast du getäumt?" Christian zog sie enger an sich, dass sie seine Brust an ihrem Rücken spürte.

„Das verrate ich nicht."

„War es vielleicht das?" Seine Hände glitten über ihren Bauch und begannen, einen Knopf der Bluse nach dem anderen zu öffnen. Seine Finger griffen nach dem Stoff und streiften ihn sanft von ihr.

„Oder, war es das?" Das Kleidungsstück warf er achtlos auf einen Stuhl und machte sich an den vorderen Schnüren ihrer Corsage zu schaffen.

Ihr Herz begann schneller zu schlagen, als seine Finger das erste Mal ihre bloße Haut berührten. Sie ließ ihren Kopf in den Nacken sinken, direkt an seine Schulter.

Seine Hände lagen warm auf ihrem Bauch, während seine Lippen ihren Hals wieder heraufkamen. Sie drehte ihren Kopf und sah ihn an. „Was hast du vor?" Es war ein leises Wispern, mehr nicht. In einem genauso leisen Ton antwortete er ihr.

„Ein Versprechen einlösen. Ein Versprechen, das ich dir nach dem letzten Anfall gegeben habe: Dich so gut fühlen zu lassen wie noch nie in deinem Leben."

Seine Worte ließen ihr Inneres erzittern. Obwohl sie keine Ahnung hatte, was er genau mit ihr vorhatte, war sie bereit, dieses Abenteuer mit ihm zu wagen.

Seine Fingerspitzen schoben ihr Hemd, das ihren Oberkörper noch bedeckte, langsam Stück um Stück höher.

Ihre Hände legten sich auf seine. Nicht um ihn von dem, was er tat abzuhalten, sondern weil sie seine Bewegungen spüren wollte. Er schob den Stoff höher über ihren Bauch, über ihre Brust, bis sie wie selbstverständlich ihre Arme hob.

Der weiße Baumwollstoff verschleierte kurz ihre Sicht, ehe er bei der Bluse und der Corsage auf dem Stuhl landete.

Ihr fröstelte mit einem Mal, obwohl es ein Sommermorgen war.

Eloise rieb über ihre Oberarme und drehte sich zu Christian um. Fasziniert sah sie ihm dabei zu, wie er auch sein Hemd öffnete. Sie hatte noch nie in ihrem Leben einen Mann unbekleidet gesehen, nicht einmal mit entblößtem Oberkörper. Sie hatte einige vage Zeichnungen in den Büchern ihres Vaters angeschaut, aber diese waren kein Vergleich zu dem, was sie immer mehr unter dem Hemd sehen konnte.

Diese weiche Haut.

Diese sehnigen Muskeln, die sich unter der Haut abzeichneten, spannten und wieder lockerten.

Ihr Mund wurde trocken bei diesem Anblick, doch sie konnte nicht wegsehen. Wie gebannt starrte sie Christian an.

Sein Hemd landete bei den anderen Sachen auf dem Stuhl.

Eloise hatte immer noch die Arme vor ihrem Oberkörper verschränkt. Immer noch lief ein leichtes Frösteln über ihre Haut. Aber ihre Hände lagen an einer Stelle und rührten sich nicht. Genauso wenig wie sie.

Christian kam zu ihr herüber. Sie überlegte, ob er sie küssen würde, hoffte es sogar.

Aber alles, was er tat, waren seine Arme um sie legen und sie näher an seinen Körper heranziehen.

Ihre Arme umfingen ihn. Ihre Haut berührte seine. Es war ein so warmes und sinnliches Gefühl. Haut an Haut.

Wieder ging ein Zittern durch ihren Körper, dieses Mal aber nicht, weil sie fror. Es war anders. Schöner.

Und sie wollte mehr davon.

Mehr von solchen Berührungen.

Mehr von diesem sinnlichen Beben in ihrem Inneren.

Mehr von ihm.

~~~

Christian hatte ihr ein Versprechen gegeben, und er gedachte es einzuhalten. Er bückte sich und hob Eloise auf seine Arme.

Sie gab einen überraschten Laut von sich.

„Scht. Wir wollen doch deinen Vater nicht aufwecken. Oder?"

Sie schüttelte nur den Kopf und sah ihn mit diesen braunen Augen an, die umrahmt wurden von langen Wimpern. Sie hatte ihren Arm um seinen Hals geschlungen, und obwohl sie nur noch ihren Unterrock anhatte, schien sie ihm so weit zu vertrauen, dass sie sich nicht schämte. Es war seltsam, denn es erfüllte ihn mit einer Art Stolz. Nicht wie der, wenn man einen Wettkampf gewann. Es war viel subtiler und tiefgreifender.

Er war stolz darauf, dass Vertrauen der Frau gewonnen zu haben, die er mehr als alles andere liebte.

Vorsichtig setzte er sie auf dem Bett ab und legte sich neben sie.

Christian wusste aber auch, dass dieses Vertrauen nicht selbstverständlich war, dass es Verantwortung mit sich brachte, sowohl für sie als auch für das, was er tat.
~~~

Er lehnte sich vor, küsste sie, neckte sie mit seinen Lippen.

„Liebste, wenn ich etwas tue, dass dir nicht gefällt, musst du es mir bitte sagen."

Eloise sah ihn mit großen Augen an, als könnte sie sich nichts auf der Welt vorstellen, was er tun würde und ihr nicht gefallen könnte.

Ihre Finger glitten neugierig über seine Haut, erkundeten die Vertiefungen seiner Rippen. Wie lange hatte er auf die Berührungen gewartet?

Seit er Eloise kannte?

Seit er sich in sie verliebt hatte?

Oder seit dem Tag, an dem er lebte?

Als wäre sie das Stück, was ihm immer gefehlt hatte. Jede ihrer Berührungen hatte die Kraft, sein Inneres in Flammen zu setzen. Er brannte für sie.

Und er konnte sich nichts Schöneres vorstellen.

Seine Lippen begannen, ihren Körper mit Küssen zu bedecken. Genauso wie er es ihr versprochen hatte. Nebenher löste er den Knopf ihres Rockes und schob auch diesen Stoff nach und nach immer tiefer.

„Komm, zieh ihn für mich aus", flüsterte er.

Sie hob ihr Becken, dass er ihr das Stück Stoff abstreifen konnte, als ein Grinsen auf ihrem Gesicht erschien. „Du aber auch!"

Ihre Finger griffen nach seinem Hosenbund und knöpften ihn auf. Voller Verlangen und Faszination sah er ihr dabei zu. Es lag etwas so Wagemutiges in dieser Geste, dass es ihm fast den Atem raubte. Genau betrachtete er jede ihrer Bewegungen, versuchte es sich einzuprägen.

Sie sah zu ihm auf, und als sie seinen Blick sah, färbten sich ihre Wangen in ein schüchternes Rosa.

Christian konnte deutlich fühlen, wie sie sich von ihm zurückzog. Aber das wollte er nicht. Er wollte sie genau so, so wagemutig und neugierig – und einfach sie selbst.

Eilig kitzelte er über ihren Bauch, dass sie lachen musste. Sie kringelte sich auf der Matratze und versuchte, lachend seiner Hand auszuweichen.

„Christian, nicht."

Sofort glitt seine Hand besänftigend über ihre Seite und drehte sie langsam, dass sie auf ihrem Bauch lag. Er strich über ihren Rücken und ihre Schulterblätter, auf die er auch einige Küsse legte.

„Liegst du, Liebste?", fragte er, während seine Hand unter sie glitt.

„Ja, warum? Willst du das ich schlafe?" Sie winkelte einen Arm an und legte ihren Kopf auf ihr Kissen.

Ihre Worte amüsierten ihn. „Nein, das will ich nicht."

Seine Hand berührte ihren Unterbauch und rutschte noch etwas tiefer.

Sie schnappte nach Luft.

„Oder willst du schlafen?"

„Auf keinen Fall", war ihre prompte Antwort, die ihn noch mehr schmunzeln ließ.

„Entspann dich, Liebste. Es wird dir gefallen, was ich tue." Er ließ sich Zeit, genoss ihre Reaktionen.

Erst als er merkte, wie sich ihre Finger in das Kissen krallten, zog sich seine Hand von ihr zurück.

„Nicht aufhören. Bitte. Nicht aufhören."

„Einen kleine Moment musst du dich gedulden."

Hastig streifte er seine Hose ab und legte sich vorsichtig über sie, ohne dass er sie erdrückte.

Er küsste ihre Schulter, setzte an etwas zu sagen: „Eloise, ich wollte dir noch sagen, dass …"

Ein plötzlicher Knall, und ihm schossen vor Schmerz Tränen in die Augen. Um den Schmerz in seiner Nasenwurzel zu lindern, rieb er mit der Hand darüber.

„Entschuldige, hab ich dir weh getan?"

Sie hatte ihren Kopf ruckartig gehoben, um ihn anzusehen – und hatte dabei seine Nase getroffen.

„Schon gut. Alles noch dran."

„Es tut mir wirklich leid, Christian."

Sie wollte sich umdrehen, aber er legte sofort seine Hand zwischen ihre Schulterblätter und drückte sie sanft zurück auf das Bett.

„Ich wollte sagen, dass du nicht erschrecken sollst. Es könnte kurz etwas weh tun."

„Dir wohl ziemlich. Es tut mir leid."

Er wollte nicht, dass sie sich grämte. „Vergiss es. Das ist eine echte Bradford-Nase, die halten einiges aus."

Er küsste ihren Nacken und hörte, wie sie ein leises, vergnügtes Glucksen von sich gab.

Der Moment war viel zu schön, als dass sie an irgendetwas anderes denken sollte. Auch nicht an seine Nase.

Er streichelte sie noch eine Weile, bis sein Sehnen nach ihr zu groß wurde und er vorsichtig ihre beiden Becken aneinander brachte.

„Oh, Christian", seufzte sie und schloss ihre Augen.

„Ist es so gut. Oder soll ich …"

„Nicht aufhören, bitte."

Sie konnte nicht ahnen, dass das eine Aufforderung war, der er nur zu gern folge leistete.

In sanften Bewegungen liebte er sie. Nebenher verwöhnten seine Lippen ihren Hals und Schultern mit küssen, bis er merkte, wie ihr Körper unter ihm erbebte.

Auch er gab sich dem Strudel der Gefühle hin, der ihn immer weiter in sich sog, bis er in ein Meer der Glückseligkeit tauchte.

~~~

Eloise hörte seinen schnellgehenden Atem an ihrem Ohr. Er lag immer noch über ihr. Sein Gewicht mit seinen Unterarmen abstützend.

„Oh, Christian", sagte sie leise.

Er hob seinen Kopf etwas, der an ihrer Halsbeuge gelegen hatte.

„Geht es dir gut, Liebste?"

Sie musste lächeln. Nur schon, wenn sie an diese wundervollen Gefühle in ihrem Körper dachte, dass ihr bei jeder Berührung einen weiteren Schauer durch den Körper jagte.

„Ja, mir geht es sehr gut. War das, was meine Oma den Segen der Hochzeitsnacht genannt hat?"

Sie hörte Christian tief lachen. „Den Segen der Hochzeitsnacht?"

„Ja, so nannte sie es. Ist es nur heute so?"

Sie biss sich auf die Unterlippe, denn sie musste sich eingestehen, dass sie dieses Gefühl wieder spüren wollte.

„Nein, Eloise. Das können wir uns schenken, wann immer wir möchten."

Er legte sich auf das Bettstück neben ihr. Es war eng, und sie hatten nicht viel Platz, da es kein Doppelbett, sondern ein Einzelnes war. Aber selbst das gefiel Eloise: ihm nahe zu sein.

„Komm in meinen Arm, Liebste."
~~~

Sie drehte sich um und kuschelte sich an ihn.

„Soll ich deinem Lächeln entnehmen, dass du zufrieden mit Finnegan warst?"

Sie musste lachen. So mutig sie auch vorher gewesen war, schämte sie sich nun ein wenig.

„Hey", er legte seinen Finger unter ihr Kinn und hob es an, um ihr in die Augen zu sehen. „Ich wäre sehr glücklich, wenn du es auch bist. Und ich bin doch jetzt dein Mann, da muss es dir nicht mehr peinlich sein. Du kannst offen zu mir sein."

Er strich mit seiner Nase über ihre Wange.

„Du darfst mir auch gern sagen, wenn du mehr davon willst."

Eloises Finger strichen über seine Brust. „Ich? Ich bin sehr glücklich. Und was eine Wiederholung angeht - es wäre schön, wenn wir es wiederholen könnten."

Christian knabberte an ihrem Ohr. „Das werden wir. Versprochen. Aber ich denke, es ist besser, wir bekommen erst einmal etwas Schlaf."

Er streichelte über ihren Rücken. Hielt sie fest an sich gedrückt. Ihr Kopf auf seiner Brust.

Sie schloss die Augen und hörte auf Christians gleichmäßigen Atem. Leise drang das Geräusch seines Herzschlages an ihr Ohr. Es war ein so friedvoller Moment, dass sie nicht an das Herrenhaus dachte, noch was sie dort erwarten würde.

Es dauerte nicht lange, bis sie in einen ruhigen Schlaf driftete.

Erst zum Dinner ließen sie sich in der Küche blicken, in der ihr Vater bereits das Essen zubereitete.

„Hallo, Vater", sagte sie und lehnte sich in den Türrahmen.

Ihr Vater sah von einem Topf auf. „Oh, seid ihr auch schon wieder wach? Ich habe mich gewundert, dass deine Tür verschlossen war, während die des Lords offen stand, wie er sie vergangene Nacht hinterlassen hat."

Eloise verschränkte die Arme vor der Brust. Auf dem Gesicht ein erheiterter Ausdruck. „Ja, er war bei mir im Zimmer."

Ihr Vater ließ den Kochlöffel sinken. „Bei dir?"

„Ja, bei mir."

Ihr Vater presste die Lippen zusammen, dass sie wie zwei schmale Striche aussahen. „Aha. Ich hoffe, er hat nichts getan, was sich nicht gehört."

„Nein, hat er nicht."

Wieder sah ihr Vater sie lange mit diesem prüfenden Blick an, dass sie wusste, dass er ihr nicht glaubte.

„Und wo ist er jetzt?" Ihr Vater begann wieder in dem Topf zu rühren.

„Christian ist oben, er legt unsere Heiratsurkunde zu den anderen Papieren in die Kuriertasche."

Ihr Vater verharrte in seiner Bewegung. „Ihr habt geheiratet? Aber die Ehe wird nicht rechtens sein. Ihr müsst das Aufgebot mindestens sechs Wochen aushängen, sonst ist es keine gültige Trauung."

Wieder musste Eloise schmunzeln. „Wir waren in einer Kirche in Schottland. Die Ehe ist gültig. Deine Tochter ist Mrs Bradford, Lady of Waldridge."

Wieder starrte ihr Vater sie lange an. „Verdammt, was hat dieser Mann gemacht? Was hat dieser Mann nur gemacht?"

Er ließ den Löffel achtlos in dem Topf stehen, wischte sich die Hände an dem Küchenhandtuch, das er am Ofen hängen hatte und stürmte aus der Küche.

Eloise sah ihm verwundert nach und ging an den Herd, um weiter in dem Topf zu rühren.

Es dauerte nicht lange, als sie eine lautstarke Auseinandersetzung aus dem oberen Stock hörte und sich wunderte, was ihr Vater nur hatte. Sie war sich sicher gewesen, er würde sich für sie freuen.

Aber offenbar war das nicht der Fall.

Kapitel 10

„Verdammt, was ist nur in Sie gefahren? Ich hatte Ihr Wort, Mylord."

Christian sah verwundert über seine Schulter, als er die Stimme von Mr Padgett hinter sich hörte. Der Apotheker stand sichtlich aufgebracht in der Tür des Gästezimmers. Er hatte die Arme vor der Brust verschränkt.

„Was meinen Sie, Sir?"

Das Kinn von Mr Padgett schob sich vor, ohne dass er etwas sagte. Er drehte sich herum und schloss die Zimmertür hinter sich. „Eloise ist unten. Ich will nicht, dass sie etwas hiervon hört."

Christian nickte, dabei schloss er den Knebel der Tasche und wandte sich seinem nun mehr Schwiegervater zu.

„Verdammt, Sie haben mir versprochen, dass Sie sie nicht in Schwierigkeiten bringen werden. Und jetzt? Gerade eben erzählt mir Eloise strahlend, dass Sie beide in Schottland geheiratet haben."

Christian lächelte. „Ja, da haben Sie recht. Wir waren gestern dort." Er verstand immer noch nicht, was Mr Padgett daran so aufbrachte.

„Und jetzt? Was gedenken Sie jetzt zu tun?"

Christian verstand immer noch nicht, was den älteren Mann so aufbrachte.

„Sie scheinen überhaupt nicht zu verstehen, worauf ich hinauswill. Ich werde Ihnen eine simple Frage stellen: Wer ist jetzt Ihr rechtmäßiger Erbe?"

Christian schluckte. Er bekam eine Vermutung, auf was der Apotheker hinauswollte.

„Eloise, als meine Frau."

„Gut. Und was denken Sie, macht Ihr Giftmörder, wenn er das erfährt? Solange Sie das Problem nicht aus der Welt geschafft haben, werde ich nicht zulassen, dass Eloise Sie wieder nach White Rose Hall zurückbegleitet."

Mr Padgett bohrte seinen Zeigefinger in Christians Schulter.

„Ich brauche Ihre Tochter. Und sie weiß, in was für einer Situation ich mich befinde. Sie hat trotzdem zugestimmt, mich zu heiraten."

Der Apotheker schnaubte verächtlich. „Natürlich hat sie das. Sie liebt Sie, Mylord. Selbstverständlich hat sie Sie geheiratet. Sie liebt Sie, seit Sie von diesem dummen Pferd gefallen sind und ihr beinahe vor die Füße. Sie erwarten doch nicht ernsthaft, dass sie Ihnen jetzt einen Korb gibt. Ich hätte zumindest Ihnen den Verstand zugetraut, die Hochzeit auszusetzen, bis für Eloise keine Gefahr mehr besteht."

Die Worte des Apothekers waren beleidigend. Und wäre er nicht sein Schwiegervater, hätte er ihn deutlich zur Räson gebracht. Aber hier lagen die Dinge anders. Und das Schlimmste war, dass sein Schwiegervater irgendwie sogar recht hatte.

Als seine Erbin wäre sie genauso in Gefahr wie er selbst. Aber Christian war sich sicher, dass er es nicht so weit kommen lassen würde. „Hören Sie, Mr Padgett. Ich werde auf Ihre Tochter aufpassen, selbst wenn sie mit nach White Rose Hall kommt."

„Wie wollen Sie das machen? Sie konnten nicht einmal sich selbst schützen." Mr Padgett erhob bereits seine Stimme so sehr, dass Christian keinen Zweifel hatte, dass Eloise es unten hören musste.

„Aber ich hatte keine Ahnung, dass man mich vergiften wollte."

„Aha, und die haben Sie jetzt? Was, wenn derjenige seine Strategie ändert? Sie haben überhaupt keine Ahnung, mit wem Sie es zu tun haben. Und dass Sie Eloise solch einer Gefahr aussetzen, werde ich Ihnen nie verzeihen."

Wut kochte in Christian. „So wie Sie Ihrer Tochter nie den Tod Ihrer Frau verziehen haben?"

Der Apotheker zog seine Augenbrauen zusammen. „Was - aber, was wollen Sie damit - das ist doch wirklich ungeheuerlich. Kommen Sie mir nicht so."

Mr Padgett schwenkte seinen Zeigefinger vor ihm.

„Warum wollte den Eloise unbedingt Pflegerin werden? Haben Sie sich das nur einmal gefragt? Haben Sie sich gefragt, warum sie herumläuft, als wäre sie bereits Mitte vierzig? Haben Sie das und zu welchem Schluss sind Sie gekommen?"

Mr Padgetts Mund öffnete sich, ohne dass er ein Wort hervorbrachte.

„Warum hat sie das Gefühl, dass sich niemand gefreut hat, dass es sie gibt? Niemand, der ihren Geburtstag gefeiert hat. Warum glaubt sie denn, dass sie ihr eigenes Leben aufopfern muss, um ihre eigene Existenz zu rechtfertigen? Haben Sie sich das alles gefragt?"

Christians Atem ging schnell.

Der Apotheker war blass geworden. Ihm schien das, was in seiner Tochter vorging, überhaupt nicht bewusst gewesen zu sein. Vielleicht war er selbst so sehr in seiner Trauer um seine Frau versunken, dass er Eloises Kummer nicht bemerkt hatte.

„Mr Padgett, ich wollte nicht …"

Aber Eloises Vater hob nur abwehrend die Hand. „Kommen Sie lieber herunter, wenn Sie hier fertig sind."

Dann öffnete er die Tür und war verschwunden.

„Mist", fluchte Christian vor sich hin. Wie hatte er sich von seinem Ärger so weit bringen lassen können, Eloises Vater solche Dinge zu sagen?

~~~

Eloise rührte in dem Topf mit Beef Stew. Immer wieder sah sie zu der Tür herüber, ob sie nicht ihren Vater oder Christian die Treppe herunterkommen hörte.

Aber niemand schien zu kommen. Auch die Stimmen waren verebbt. Es war still im Haus.

Eloise konnte nur hoffen, dass das ein gutes Zeichen war, dass die beiden Männer nicht ernstlich in Streit geraten waren.

Vor allem konnte sie sich nicht erklären worüber. Ihr Vater konnte ihr die plötzliche Hochzeit doch nicht übel nehmen.

Sie konnte sich vorstellen, dass es für ihn eine große Enttäuschung gewesen sein musste, dass er nicht dabei gewesen war und sie nicht zum Altar geführt hatte. Vermutlich hatte er all die Jahre auf diesen Moment gewartet, und sie hatten ihn um diese Freude gebracht.
~~~

Eloise fühlte sich schrecklich, dass sie so eigennützig gewesen war. Wie hatte sie nicht daran denken können, dass es ihren Vater verletzen würde, wenn sie ihn außen vor ließen?

Eloise wurde in ihren Gedanken unterbrochen, als sie Schritte auf der Treppe hörte. Sie lehnte sich etwas vor, um zu sehen, wer es war.

Ihr Vater kam herunter, und zu ihrem großen Erstaunen sah er recht blass aus.

„Vater, was ist?"

Er ging an ihr vorbei und nahm ihr den Kochlöffel aus der Hand.

„Danke, dass du aufgepasst hast."

„Hast du und Christian gestritten?", fragte sie vorsichtig und lehnte sich gegen den Tisch.

„Wir waren nur an einem Punkt unterschiedlicher Meinung." Mehr sagte ihr Vater nicht, sondern probierte das Essen. Unzufrieden verzog er das Gesicht und griff nach einem Gewürz aus dem seitlich neben dem Ofen hängenden Regal.

„Willst du mir sagen, worum es ging?"

„Nein."

Sie verschränkte ihre Arme vor der Brust und betrachtete ihren Vater nachdenklich.

Christian erschien in der Tür und schien auch nicht glücklicher als bereits ihr Vater.

„Was genau ist los mit euch?"

Ihr Vater ließ ihre Frage unbeachtet und rührte in dem Eintopf herum.

„Ich habe deinem Vater recht unfreundlich gesagt, dass du dir Vorwürfe wegen dem Tod deiner Mutter machst."

Eloise starrte Christian an. „Das hast du nicht gemacht, oder?"

Ihr Vater hörte auf, in dem Topf zu rühren. Christian hatte es getan. Sie konnte es deutlich an dem Benehmen ihres Vaters erkennen. Am liebsten wäre sie einfach fortgerannt auf ihr Zimmer - aus dem Haus - ganz egal.

Sie schämte sich so, dass wegen ihr nun wieder dieses schmerzhafte Ereignis zum Thema wurde.

„Vater, es tut mir leid, wenn …"

„Hast du dir wirklich all die Jahre Vorwürfe gemacht?", fragte ihr Vater, ließ den Kochlöffel in dem Topf stehen und trat einige Schritte auf sie zu.

„Ich wusste doch, wie traurig es dich gemacht hat. Wäre ich nicht gewesen – Mutter würde noch leben." Eloise presste ihre Faust vor ihren Mund. Ungezügelt liefen die Tränen aus ihren Augen, die ihre Sicht verschleierten.

Eine Hand ergriff ihren Oberarm und zog sie näher an sich. Es war ihr Vater, der sie in den Arm nahm.

„Kind, ich habe immer gedacht, dass du noch viel zu jung bist. Deswegen habe ich dir nie die ganze Geschichte erzählt."

„Die ganze Geschichte?" Ihre Stimme war zitterig. Was sollte es geben, dass sie nicht schon wusste?

„Deine Mutter wusste, dass es gefährlich wäre, noch ein Kind zu bekommen. Aber sie hat mich so darum gebeten. Du musst wissen, sie hatte so ein Art. Ich konnte ihr einfach keinen Wunsch abschlagen."

„Noch ein Kind?" Eloise strich hastig mit ihren Handballen über ihre Wangen.

Ihr Vater sah zu Boden. „Ja, mein Kind. Sie war bereits zwei Mal schwanger gewesen. Aber das Erste war eine Totgeburt, und das Zweite hatte sie auch verloren. Der Arzt sagte, dass es besser wäre, wenn sie keine weiteren Kinder bekommen würde. Aber sie hat sich so sehr ein eigenes Kind gewünscht. Ein Mädchen, genau, wie du es bist. Ich - ich hätte nicht nachgeben sollen." Ihr Vater presste so sehr die Zähne aufeinander, dass sie die angespannten Muskeln in seinen Wangen zucken sah. „Wenn jemand von uns beiden Schuld hat, dann ich, weil ich ihr diesen Wunsch nicht ausgeredet habe. Du bist genau das, was sie sich immer gewünscht hat."

Eloise legte ihren Kopf an seine Schulter und weinte, bis die Tränen langsam versiegten. Als sie sich wieder beruhigte, war es, als wenn ihr eine Last von den Schultern genommen war, die sie ihr Leben lang mit sich herumgetragen hatte.

Ihr Vater sah sich plötzlich nach dem Topf auf dem Ofen um. Christian stand dort und hatte das Rühren übernommen.

„So, wo wir nun alle in dem Essen herumgerührt haben, sollte es nun gut sein", erklärte ihr Vater.

Eloise musste schmunzeln. Ihr Vater hatte manchmal eine seltsame Art von Humor.

„Danke." Sie strich über den Rücken ihres Vaters. Er sah sie liebevoll mit seinem väterlich beruhigenden Blick an. „Ich hätte es dir schon lange sagen sollen. Aber da gibt es noch etwas, dass ich euch sagen sollte und ich denke, das wird euch gar nicht schmecken."

~~~

„Was? Er war hier?", fragte Christian und ließ beinahe den Teller in seiner Hand fallen. Es wäre schade gewesen, denn darauf dampfte ein vielversprechender Rindereintopf, den er gar nicht erwarten konnte, zu probieren. Vorsichtig setzte er ihn auf dem schlichten
~~~

Holztisch ab, an dem sie jeden Tag zu Abend gegessen hatten.

„Doch, und ich habe ihn sogar hereingebeten zum Tee."

Mr Padgett setzte sich und schien auf eine merkwürdige Art zufrieden.

„Du hast was? Du hast ihn auch noch hereingebeten?"

„Natürlich, es ist immer besser, den Feind zu kennen und mit einer Tasse Tee in Sicherheit zu wiegen."

Beherzt nahm Mr Padgett einen Löffel seines Eintopfes und kaute genießerisch darauf herum.

Eloise sank auf ihren Stuhl und sah ihren Vater entsetzt an. „Wirst du uns wohl die ganze Geschichte erzählen?"

Der Apotheker kaute genüsslich zu Ende, schluckte herunter, ehe er weiterredete.

„Ich stand heute in der Apotheke, wie jeden Tag, als durch die Tür ein Herr kam, den ich nicht kannte. Gelegentlich kommt so was vor, aber doch sehr selten. Die meisten meiner Kunden kenne ich persönlich, weil sie hier aus der Gegend sind."

Christian und Eloise sahen gebannt auf den älteren Mann und warteten, dass er weitererzählte. Aber er bediente sich erst einmal wieder an seinem Teller.

„Vater!", drängelte Eloise und rührte nur in ihrem Eintopf mit dem Löffel herum.

„Na ja, er wollte erst ein Medikament haben, nichts Besonderes. Etwas recht Gewöhnliches, dass ich vermutete, er wäre ein Durchreisender. Aber dann fragte er mich doch recht auffällig, ob ich der Apotheker Padgett bin. Was ich natürlich bejahen konnte."

Eloise sah zu Christian herüber. Auch er schien ernst geworden.

„Der seltsame Kunde fragte mich dann weiter, ob ich zufällig der Vater einer gewissen Eloise Padgett wäre, die sich ihr Geld als Pflegerin verdiene. Auch das konnte ich bejahen. Aber nun war ich bereits alarmiert."

„Und dann bittest du ihn noch zum Tee herein?" In Eloises Stimme war ein vorwurfsvoller Ton deutlich hörbar. Sie schien immer noch nicht daran zu denken, etwas von ihrem Essen zu kosten.

Christian sah auf seinen Teller. Im Grunde war es schade, das sehr appetitlich riechende Gericht so unbeachtet stehen zu lassen. Er konnte nicht an sich halten und aß auch einen Bissen.

Eloise sah ihn entsetzt an, als verstehe sie nicht, wie man in einem solchen Moment ans Essen denken konnte. Er konnte, zu seinem eigenen Erstaunen. Vielleicht lag es daran, weil er so lange nur leichte Gerichte und Porridge bekommen hatte. Er kam sich beinahe ausgehungert vor.

„Er fragte mich, ob ich wisse, wo meine Tochter sei. Ich habe gelacht und gesagt bei Lord of Waldridge. Darauf hat er sein Gesicht verzogen und gemeint, dass meine Tochter genau da eben nicht mehr wäre. Ich habe gelacht, als wenn er von Sinnen sei und betont, dass ich noch einen Brief von dort bekommen habe. Und wollte wissen, mit wem ich denn überhaupt das Vergnügen hätte, dass er sich so sehr für meine Tochter interessiere."

„Und was hat er gesagt?", fuhr Eloise ihrem Vater ins Wort. Christian vermutete, dass der ältere Mann schneller erzählt hätte, wenn sie einfach gegessen und zugehört hätte, aber Eloise schien so aufgebracht, dass es wenig Sinn machte, sie darauf hinzuweisen.

Christian wartete gespannt, was sich weiter zugetragen hatte.

„Er stellte sich als Doktor Travis Blake vor, der Hausarzt der Bradfords. Ich habe gelacht und nur gesagt, dass er dann wohl der Arzt gewesen wäre, der diese doch recht eigenwillige Zusammenstellung an Medikamenten verordnet hätte. Der Mann war so beleidigt, dass er erst einmal einen Moment tief Luft holen musste."

„Vater, warum sagst du ihm denn sowas?" Eloise legte ihre Hände angespannt in den Schoß.

„Na, warum soll ich denn nicht? Er weiß doch, dass du mir geschrieben hast und dass ich mit der Verabreichung nicht einverstanden war. Es wäre für ihn sicher sehr seltsam, wenn ich ihn nicht darauf angesprochen hätte."

Christian musste seinem Schwiegervater recht geben. Er wunderte sich, woher er in diesem Moment solche gedankliche Klarheit genommen hatte.

„Als sich sein Stolz etwas erholt hatte, hat er sich zu einem Lächeln gequält und gesagt, dass der Fall ein recht komplizierter wäre. Ich versicherte ihm, dass die Wirkung der drei Magenmittel auch bei einem schwierigen Fall nicht besser wird."

„Wie hast du ihn dazu gebracht, Tee mit dir zu trinken, wenn du ihm so offen ins Gesicht sagst, dass du ihn für einen Stümper hältst?"

Eloises Vater grinste über das ganze Gesicht. „Der liebe Doktor ist dann mit einer ganz interessanten Sache herausgerückt. Er meinte, dass der Fall so kompliziert und nahezu hoffnungslos wäre, dass er die Medikamente zur Beruhigung der Angehörigen und des Patienten gegeben habe - es habe ja auch nicht schaden können."

„Frechheit", rutschte es Christian heraus, trotz vollem Mund. „Verzeihung." Schnell hielt er sich die Hand an die Lippen.

Mr Padgett ignorierte den Zwischenkommentar und redete weiter: „Ich versicherte ihm, dass dieser Grund eine gewisse Berechtigung habe. Plötzlich fing er mit einer neuen Strategie an. Er erzählte mir, dass er sich Sorgen um seine Lordschaft mache und meine Tochter. Ich erklärte, ich könne ihm nicht folgen. Und er meinte, beide wären auf unerklärliche Art verschwunden."

„In Nacht und Nebel", ergänzte Christian, dieses Mal hatte er vorher heruntergeschluckt.

„Die Schwester des Lords mache sich unendliche Sorgen, dass der Doktor die Reise auf sich genommen habe, um bei dem Baron, einem Freund des Lords, zu erfragen, ob man dort etwas über dessen Verbleib wisse. Und er wolle mir nicht zu nahe treten, aber er der Meinung ist, dass meine Tochter etwas mit dem Verschwinden zu tun habe. Es gehe wahrscheinlich auf ihre Einflussnahme zurück. Dazu seufzte der Doktor theatralisch. Der Lord wäre viel zu schwach für diese Reise und Aufregung."

„Und was hast du geantwortet?" Eloise begann wieder in ihrem Essen zu rühren und endlich nahm sie auch einen Bissen.

„Ich habe mich schockiert gegeben. Ob er damit sagen wollte, dass der Lord meine arme Tochter entehrt habe. Und er sagte, dass denke er nicht, dazu wäre der Lord viel zu schwach gewesen. Aber der wirkliche Grund, weswegen er sich Sorgen mache, wäre, dass Eloise ihre Stellung ausnützen könnte, und – wenn ich es jetzt etwas uncharmant sage: Eine Goldgräberin wäre."

~~~

„Nein, das glaube ich nicht. So unverfroren kann doch nicht einmal er sein. Hat er es so gesagt?“ Christian war sichtlich aufgebracht.

Eloises Vater zuckte mit den Schultern. „Sagen wir es so, er hat es nett formuliert durch die Blume angedeutet. Aber unter dem Strich ist es das, was er gemeint hat. Habe mich sichtlich schockiert gegeben. Er gab sich recht zerknirscht und sagte, dass das zumindest eine Sorge der Schwester des Lords wäre, die sich nun mit dem großen Anwesen ganz allein sehe und der quälenden Ungewissheit, wo ihr Bruder ist. Und dann habe ich ihn schlanker Hand zum Tee eingeladen.“

Eloise saß vor ihrem Teller. Der Hunger, den sie verspürt hatte, hatte sich in Luft aufgelöst. „Wie kannst du einen solchen Mann, der solche Behauptungen über mich in die Welt setzt, auch noch ins Haus bitten? Zu Tee!“

Wieder schmunzelte ihr Vater. Sie konnte seine Erheiterung nicht nachvollziehen.

„Er sollte doch sehen, dass ich nichts zu verbergen habe. Ich habe vermutet, dass ihr beiden, wenn erst gegen Abend zurück seid. Also war es auch vollkommen ungefährlich ihn in den Wohnbereich zu bitten. Er musste doch annehmen, dass ihr wirklich nicht da wart. Wir haben über dies und das geredet. Themen, die ich auch mit meinem befreundeten Arzt im Pub besprechen würde. Und wo sich der gute Arzt sicher fühlte, hat er ausgeplaudert, dass er sich mit der Schwester des Lords verlobt habe. Sie brauche einen starken Mann an ihrer Seite, und da sie ihm zugeneigt wäre, sah er keinen
~~~

Grund, diesen Vorstoß nicht jetzt zu tun. Er strebe schon ein baldiges Aufgebot an."

„Verdammt, dieser Kerl fühlt sich richtig sicher." Christian legte den Löffel auf den Teller und seufzte. „Er macht sich an meine Schwester heran."

Eloises Vater sah ihn lange an. „Auch auf die Gefahr hin, dass sie gleich wieder aus dem Zimmer stürmen. Aber was, wenn es etwas Abgemachtes zwischen beiden ist? Können Sie das ausschließen?"

Christian schob den Teller zurück. „Aber ich sage Ihnen, Gracie hat damit nichts zu tun. Wenn muss es Doktor Blake allein gewesen sein."

Eloise verschränkte die Arme vor der Brust.

Es schmerzte sie, Christian so zu sehen. Sie wusste, wie schwer ihm fiel, diesen Gedanken zuzulassen, dass seine Schwester hinter all dem stecken könnte. Aber ihr Vater hatte recht, sie mussten zumindest diesen Punkt im Hinterkopf behalten.

„Aber Mylord, war Doktor Blake jedes Mal im Haus, wenn Sie einen Anfall hatten?"

Christian sah schweigend auf seine Suppe. „Nein, aber wenn es nicht Gracie ist - und Sie sich bereits Sorgen wegen Ihrer Tochter gemacht haben, weil sie nun meine Erbin ist …"

Eloise sah überrascht zu ihrem Vater herüber. Was hatte er Christian gesagt? War das der Grund, weswegen er ihm Vorwürfe gemacht hatte und sie in Streit geraten waren?

„Wenn wir wirklich einmal annehmen, dass Gracie keine Schuld trifft. Und bitte, ich kenne Ihre Gedanken dazu, Mr Padgett. Aber wenn sie wirklich unschuldig ist - und derjenige nicht wissen kann, dass ich Eloise geheiratet habe - würde das doch bedeuten, der

Nächste, der nach mir in Gefahr wäre, wäre Gracie. Oder?“

Christian sah zwischen Eloise und ihrem Vater hin und her. „Davon müsste man ausgehen, da haben Sie recht, Mylord.“

Christians Blick verlor sich einen Moment auf dem Fenster, ehe er tief Luft holte und sagte: „Ich muss zurück. Ich muss denjenigen finden, bevor er Gracie etwas tun kann.“

Kapitel 11

„Hältst du es wirklich für eine gute Idee?", fragte Eloise und sah aus dem Kutschenfenster.

Es war nicht mehr weit bis White Rose Hall. Und ja, je näher sie seinem Heim kamen, desto mehr nahm das flaue Gefühl in seiner Magengegend zu. Früher hatte er sich immer gefreut, wieder zurück zu sein. Egal, ob in den Ferien vom Internat oder wenn er zu Besuch bei Freunden gewesen war wie bei dem Baron in Elderhurst. Aber dieses Mal war es anders.

Wäre es nicht um Gracies Willen gewesen und weil sich Christian nicht aus seinem eigenen Haus vertreiben lassen wollte. Er hatte nicht vor, sich sein Leben lang verstecken zu müssen. Er würde die Sache klären und den Schuldigen finden.

„Willst du lieber wieder zu deinem Vater? Ich kann dir das Geld für die Rückfahrt geben. Wenn alles geregelt ist, könnte ich dich nachholen. Du weißt, ich habe dir das schon in Elderhurst angeboten."

„Und ich habe dir dort bereits gesagt, dass ich dich nicht allein lassen werde."

Eloises Worte waren energisch. Genauso wie am Esstisch des Apothekers. Was hatte der Mann auf seine Tochter eingeredet, doch Christians Angebot anzunehmen und dort zu bleiben.

Aber Eloise, wie sie war, hatte darauf bestanden, mit ihm zu gehen. Christian hätte ihren Wunsch respektiert, egal für welche Möglichkeit sie sich entschieden hätte. Aber jetzt, wo er sie an seiner Seite wusste, war er mehr als froh darüber, dass sie hier neben ihm saß und die Sache mit ihm zusammen durchstehen wollte.

„Hast du schon einen Plan, wie du demjenigen auf die Spur kommen willst? Mr Cunningham sieht nicht viel Hoffnung für uns."

Mr Cunningham war der Anwalt von Christians Familie. Auf dem Weg von Elderhurst zum Herrenhaus hatte Christian halt bei dem Advokaten gemacht. Er wollte einige formelle Sachen klären, und vor allem wollte er dort seine Hochzeitsurkunde aufgehoben wissen. Er wollte nicht das Risiko eingehen, dass irgendjemand in White Rose Hall das Schriftstück fand und durch diese Nachlässigkeit eine Gefahr für Eloise entstand.

„Ich möchte erst einmal nicht, dass in irgendeiner Weise öffentlich wird, dass ich geheiratet habe."

Der Advokat hatte ihn aus seinem breiten, runden Gesicht angesehen. „Darf ich Sie nach Ihren Gründen fragen, Mylord?"

Christian hatte sich geräuspert. „Es ist eine recht delikate Angelegenheit. Es ist so, dass mich jemand im Herrenhaus offenbar mit Arsen vergiften will."

„Mylord! Das ist eine schwere Anschuldigung. Haben Sie einen Verdacht oder besser noch Beweise?"

„Nein."

„Es gab eine Suppe, in der mein Vater Arsen in einer sehr hohen - um es genauer zu sagen tödlichen Dosis feststellen konnte", hatte Eloise schnell eingeworfen.

Der Advokat schüttelte den Kopf. „Das, Mylady, wird kaum als Beweis zählen. Sie bräuchten handfeste Belege. Ein schriftliches Geständnis oder Briefe der Person, aus denen eindeutig der Plan, den Lord zu töten, hervorgeht."

Christian hatte geseufzt. „Gibt es keine andere Möglichkeit?"

Mr Cunningham hatte sich in seinem Stuhl zurückgelehnt und sie lange betrachtet. „Es gäbe noch eine Möglichkeit. Diese Person, von wem auch immer wir hier reden, müsste seine Absicht vor Zeugen kundtun. Und diese Zeugen können nicht ein Küchenmädchen oder eine Dienstmagd sein. Es müsste schon jemand von genügend Glaubwürdigkeit sein. Aber es wird sicher schwer, solch ein Geständnis zu bekommen. Oder sie müssten ihn mit dem gleichen Szenario auf frischer Tat ertappen."

Christian lehnte seinen Kopf vor das Polster der Kutsche. Es war nicht Samt bezogen wie in der Familienkutsche, aber für eine gemietete Droschke war es recht komfortabel.

Sein Pferd trabte nebenher. Es schien ihm die bessere Wahl, als mit Eloise zusammen auf dem Pferd vor White Rose Hall anzukommen.

„Nein, einen wirklichen Plan habe ich nicht."

„Du musst vorsichtig sein bei dem, was du zu dir nimmst."

Als wenn er das nicht wüsste. Deshalb hatte er ein Brot in der Kuriertasche. Nur für den Notfall. „Ich weiß, Liebste."

Damit musste er auch aufhören. Zu schnell könnten seine kosenden Worte jemand zu Ohren kommen. In manchen Augenblicken zweifelte er selbst, ob es eine gute Idee war, wieder zurückzukehren. Aber welche anderen Optionen blieben ihm? Irgendwann musste er zurück.

Und das Beste war jetzt, noch bevor die Verlobung seiner Schwester mit dem Arzt bekannt wurde.

Denn irgendwie wurde er das Gefühl nicht los, dass etwas mit dem lieben Doktor nicht stimmte. Nicht, dass er ihm das Gift gegeben hätte, aber es war nicht zu leugnen, dass er als Verlobter von Gracie auch von Christians Tod profitieren würde.

Land und Besitz fielen in Gracies Hände und nach der Hochzeit, wie es das Gesetzt bestimmte in die von Doktor Blake, der dann der Lord of Waldridge war. Und dann bräuchte er auch Gracie nicht mehr.

Nein, er musste einen Weg finden, denjenigen aufzuspüren, der sein Leben und das der Menschen um ihn herum bedrohte. Wenn er nur wüsste, wie?

~~~

Eloise stieg vorsichtig aus der Kutsche und sah an dem grauen Steinbau des Herrenhauses hinauf. Es wirkte so freundlich, dass es kaum zu glauben war, dass man hier versucht hatte, Christian zu vergiften.

Langsam und quälend.

Christian war bereits ausgestiegen und hielt ihr seine Hand entgegen. „Es geht schon, Chr … Mylord."

Er räusperte sich und ließ seine Hand sinken. Sie konnte an seinem Blick sehen, dass es ihm fast das Herz
~~~

brach, von ihr so angesprochen zu werden. Aber wenn sie ihm helfen sollte, konnte sie es nur als die Pflegerin Eloise Padgett, nicht als Lady of Waldridge. Als Angestellte wäre es einfach, ein offenes Auge im Personaltrakt zu haben. Niemand würde Anstoß daran nehmen, wenn sie sich dort ab und an sehen ließ. Man würde keinen Knicks vor ihr machen, nicht sofort die Arbeit stehen und liegen lassen, und vor allem, man würde nicht den neusten Tratsch vor ihr zurückhalten. Die Leute würden so offen mit ihr reden, wie sie es vor den Herrschaften nie tun würden.

Christian wandte sich von ihr ab und sah selbst am Haus hinauf. Er musste es ihr nicht sagen, aber sie wusste, dass er gemischte Gefühle empfand bei der Rückkehr in das Herrenhaus der Bradfords.

Er sah sich noch einmal zu ihr um und stieg dann die massiven Treppen des Eingangs empor.

Eloise folgte einige Schritte hinter ihm, wie es sich für eine Pflegerin gehörte. Sie hatte nicht vor ihm das Haus zu betreten. Sie hatte es nicht einmal an seiner Seite zu betreten.

Es war ihr nie sonderlich schwergefallen, sich bei ihren Herrschaften im Hintergrund zu halten. Aber dieses Mal fühlte es sich wie eine Ungerechtigkeit an. Sie wäre die Braut gewesen, die er an seiner Hand in ihr neues Heim hätte führen sollen.

Aber nichts an dieser Hochzeit schien den normalen Gang zu gehen. Keine Gäste, nicht einmal ihr Vater. Keine Ankunft der Braut in White Rose Hall.

Wehmütig seufzte sie.

Aber sie wusste, wofür sie all das auf sich nahm.

Für Christian.

Für sich selbst.

Für ihre Liebe.

Christian griff nach dem schweren, massiven Messingklopfer und schlug ihn einige Male vor die Tür, ähnlich wie sie es getan hatte, als sie vor wenigen Wochen selbst hier angekommen war.

Das Dienstmädchen Rina öffnete die Tür. Mit großen Augen sah sie den Lord an, der lächelnd vor ihr stand.

„Lassen Sie mich herein, Rina? Oder muss ich Ihnen erst meine Karte geben?“, fragte er belustigt.

Rina machte einen hastigen Knicks und trat zur Seite.

„Geht es Ihnen wieder besser, Mylord?“

„Ja danke, Rina. Es geht mir besser.“

„Oh, das ist gut zu hören.“ Das Gesicht des Mädchens erhellte sich zu einem strahlenden Lächeln. Es war das erste Mal, dass Eloise ein Gefühl wie Eifersucht in sich spürte. Aber plötzlich sah sie Rina nicht mehr mit den Augen der Pflegerin, die in der Hierarchie über dem Dienstmädchen stand, aber genauso, wie sie eine Bedienstete war. In diesem Moment sah sie sie plötzlich als die Ehefrau von Christian, und erst jetzt dämmerte ihr bei Rinas Anblick, dass das Mädchen in den Lord verliebt war.

Warum hatte sie es nicht früher bemerkt?

Es war doch so offensichtlich: Die roten Wangen, die leuchtenden Augen und das glückliche Lächeln bei seinem Anblick.

Oder hatte es das Dienstmädchen früher nie so offen gezeigt? War es nur die Erleichterung über die Sorge, die sie sich gewiss, genauso wie alle anderen über das Verschwinden des Lords gemacht hatte?

Eloise senkte ihren Blick. Sie musste sich zusammenreißen. Man durfte ihr ihre Eifersucht nicht ansehen. Verliebtheit schien dagegen weniger Aufmerksamkeit auf sich zu ziehen wie bei Rina.

„Wir haben uns alle hier schreckliche Sorgen um Sie gemacht, Mylord“, verkündete sie fröhlich. Rina nahm die abgelegten Sachen des Lords schnell an sich. Sie presste die Jacke an ihren Körper, als wenn Rina sie direkt in ihr Herz drücken wollte.

Plötzlich tat das Dienstmädchen Eloise leid. Sie wusste selbst, was es bedeutete, jemand zu lieben, der außerhalb der eigenen Reichweite war. Sie selbst hatte sich damals ähnlich gefühlt, als ihr klar geworden war, dass Finnegan nicht zurückkommen würde, um den Nachmittagstee mit ihr einzunehmen. Es war eine verzweifelte Liebe gewesen.

Ob es Rina ähnlich empfand?

Mit einem Mal erinnerte sich Eloise wieder an den Keks, den das Dienstmädchen in ihrer Schürze aufgehoben hatte, weil Christian ihn ihr geschenkt hatte. Er ahnte gewiss nicht einmal, welche Hoffnungen das in dem Herz von Rina angefacht haben mochte.

Aber wäre Rina dann in der Lage, Gift in das Essen des Lords zu rühren?

Wohl kaum.

Es musste eine Ecke in ihrem Herzen geben, in der Rina still hoffte, dass Christian eines Tages sich auch in sie verlieben würde. Sie dann eines Tages sogar heiraten würde.

Nein, es war unwahrscheinlich, dass sie es gewesen war. Es gab für Rina keinen Grund, dem Mann zu schaden, dem ihr Herz gehörte. Nicht, bis er Absichten verkündete, heiraten zu wollen. Und selbst dann würde sich Rinas Ärger eher gegen die Braut als gegen ihn wenden.

Umso mehr wurde Eloise klar, dass sie sich nicht zu erkennen geben durfte als Gattin des Lords.

Eloises Blick fiel wieder auf Christian, der immer noch mit dem Hausmädchen zusammenstand und auf eine freundliche Art mit ihr über Belangloses plauderte.

Eloise ließ ihren Blick wieder durch die Eingangshalle schweifen.

Wer in diesem Haus konnte ein Interesse haben, Christian zu schaden? Wieder ging sie im Kopf alle möglichen Personen durch, und wieder ergab sich nur ein schlüssiges Bild. Es war dasselbe, dass auch ihr Vater Christian schon aufgezeigt hatte. Aber wenn er recht hatte, war Christian in höchster Gefahr.

~~~

„Christian!“, hallte ein Schrei durch die Halle, die alle Blicke auf die Galerie der oberen Etage zog. Am Geländer stand Gracie und umklammerte mit ihren Fingern das Holz. „Christian, bist das wirklich du?“

Er tat einige Schritte in der Halle näher an die Treppe heran. „Ja, Gracie. Dein Bruder ist zurück.“

„Oh“, sie stieß ein lautes Seufzen aus und griff in den Rock ihres gelben Kleides. Eine Farbe, von der sie wusste, dass sie ihr stand. Hastig eilte Gracie die Treppe herunter.

Wenn er sie so betrachtete, wunderte er sich einmal mehr, warum sie ihre Gunst an Doktor Blake gegeben hatte. Eine Frau wie sie mit dem Aussehen, Charme und Liebreiz könnte weit bessere Partien machen als den Familienarzt. Wenn es nicht der Liebe wegen war, war es reine Verschwendung, wenn es wirklich eine Verlobung gab, so wie Blake behauptet hatte.
~~~

Gracie erreichte die letzten Stufen, rannte zu ihm herüber und schlang ihre Arme um seinen Hals. „Oh Christian. Da bist du wieder. Du glaubst nicht, was ich mir für Sorgen um dich gemacht habe."

„Rina sagte mir bereits, dass ihr alle sehr besorgt wart."

Der Blick seiner Schwester fiel auf das Dienstmädchen, das immer noch an seiner Seite stand.

„Was ist denn, Rina? Bringen Sie die Sachen des Lords weg und stehen Sie nicht herum, als wenn Sie nichts zu tun hätten."

Das Mädchen bekam tomatenrote Wangen, machte einen höflichen Knicks und eilte davon.

„Wenn Mylord erlauben, begebe ich mich kurz auf mein Zimmer", hörte er Eloises Stimme hinter sich. Er versuchte, trotz der Umarmung seiner Schwester einen Blick auf seine Ehefrau zu erhaschen, aber es war fast eine Sache der Unmöglichkeit. Gracie hängte sich so sehr an ihn, dass er kaum seinen Kopf drehen konnte.

„Ja, tun Sie das, Miss Padgett."

Er sah Eloise erst, als sie hinter Gracie die große Treppe in den oberen Stock hinaufging. Sofort spürte er einen Schmerz in seinem Herzen, sie gehen lassen zu müssen. Am liebsten hätte er aus Wiedersehensfreude seiner Schwester sofort erzählt, dass er geheiratet hatte. Dass Eloise nun seine Frau war.

Aber, da gab es die Worte des Apothekers, die mahnend in seinem Hinterkopf waren. „Bringen Sie meine Tochter nicht in Gefahr. - Sind Sie sich sicher, dass Ihre Schwester nichts mit der Sache zu tun hat?"

Er würde es ihr sagen, wenn alles durchgestanden war. Er war sich eigentlich sicher, dass Gracie keine Schuld traf, aber er wollte auch nicht riskieren, dass sie aus Freude über ihre Schwägerin es im ganzen Haus herumtrug und unabsichtlich den Täter aufscheuchte.

Er würde warten und sich in Geduld üben.

„Oh, ich bin so glücklich, dass du wieder da bist, Christian. Aber sag, wie geht es dir? Wo warst du? Hattest du wieder einen dieser schrecklichen Anfälle? Und warum bist du und diese Pflegerin eigentlich so von einem Moment auf den anderen verschwunden? Ich dachte, Rina macht einen schlechten Scherz, als sie auf einmal in meinem Schlafgemach stand und verkündete, du seiest fort. Spurlos verschwunden. Und das auch noch auf einem Pferd. Bist du selbst geritten? Und wann bist du los?"

Liebevoll zog er die Arme seiner Schwester von seinem Hals. „Gracie, Gracie. Ich weiß überhaupt nicht, welche von deinen vielen tausend Fragen ich dir zuerst beantworten soll."

„Alle", erklärte sie prompt und verschränkte die Arme vor der Brust, als wenn sie ihren großen Bruder tadeln wollte. „Es war nicht nett, einfach zu verschwinden, ohne Bescheid zu sagen. Also, wo warst du?"

Eine Frage, die eher zu seinem Vater gepasst hätte als zu seiner kleineren Schwester. „Entschuldige, die Kürbissuppe war so furchtbar, dass ich in den nächsten Pub gegangen bin und mich gefühlt habe wie im Paradies."

Es war eigentlich eher eine Gedankenlosigkeit, dass er die Suppe überhaupt erwähnte. Ein dummer Scherz unter Geschwistern.

Aber Gracie sah ihn ernst an. „Tu doch nicht so. Immerhin hast du den Teller fast leer gegessen."

Ihre Worte beunruhigten ihn.

„Seit wann kontrollierst du, wie viel ich von was esse?"

Gracie klappte der Mund auf. „Seit es meinem Bruder schlecht geht. Und außerdem stand der Teller noch verlassen in deinem Zimmer, als ich am Morgen hineinkam. Willst du mir daraus einen Vorwurf machen?"

Er ließ die Frage unbeantwortet. Sein Blick ging ins Leere. War es in der Tat möglich, dass Gracie doch etwas damit zu tun hatte? Oder war es nur ehrliches Interesse an ihm?

Natürlich war es das.

Sie war immerhin seine Schwester.

Er hatte sich immer um sie gekümmert. Von allen Menschen auf der Welt hätte sie den geringsten Grund, ihm nach dem Leben zu trachten.

„Also, wo warst du?"

Auch diese Frage ließ er unbeantwortet. Er tippte ihr auf die Nasenspitze und sagte: „Ist doch egal. Hauptsache, ich bin wieder da. Oder nicht?"

Gracie begann zu lächeln. „Ja, da hast du recht. Und ich habe auch gute Neuigkeiten für dich."

Er ahnte bereits, was sie ihm verkünden wollte.

„Ich und Doktor Blake. Also, du weißt, dass wir uns zugetan sind. Und jetzt, wo alles so schwer für mich war, da hat er sich angeboten, mich zu heiraten."

Gracie hielt ihm ihre Hand hin, an deren Ringfinger ein goldener Rubinring thronte. Es war kein Modell der neusten Mode, wie Christian vermutete, handelte es sich bei dem Ring um ein Familienstück der Blakes. Vielleicht war es sogar der Verlobungsring seiner Mutter gewesen.

„Er hat dir schon einen Ring geschenkt?" Christian griff nach ihrer Hand und besah sich das Schmuckstück.

„Ja, reizend. Oder? Es war sehr romantisch. Er hat ihn in einem der Scones des Nachmittagstees versteckt. Ausgefallen, oder?"

Scheinbar gerieten in diesem Haus öfter Dinge in das Essen, die dort nichts zu suchen hatten.

„Hat er den Ring von der Köchin einbacken lassen?" Christians Interesse galt dabei nicht nur dem Ring, sondern auch Blakes Verbindung in die Küche des Hauses.

„Nein, er hat ihn, als ich den Tee eingeschenkt habe in die Seite des Scones hineingedrückt. Es war ein kleines Loch dort, das ich aber nicht bemerkt habe. Eine sehr nette Idee von ihm. Findest du nicht?"

„Ja, reizend."

„Oh Christian. Ich weiß, du verbindest Travis mit nichts Angenehmem, aber kannst du dich nicht etwas für uns freuen?"

„Ich weiß nicht, Gracie. Ich denke mir nur, du könntest eine bessere Partie finden, wenn du wolltest."

Sie hakte sich bei ihm unter. „Oh, Christian. Du glaubst gar nicht, wie aufmerksam Travis sein kann. Jetzt als du nicht da warst und ich fast krank war vor Sorge um dich, da ist er jeden Tag zum Tee vorbeigekommen. Er ist sogar nach Elderhurst gefahren, um bei Baron Augustus nachzufragen, ob du da bist."

„Das war kein allzu großes Opfer. Der Ritt dauert höchstens dreieinhalb Stunden."

„Aber Christian, er hat dafür seine Praxis für einen Tag zugesperrt. Da kannst du ihm nun beileibe keinen Vorwurf machen. Überleg doch nur, er hat es gemacht, weil ich mich so gesorgt habe. Er ist der Richtige. Ich spüre es einfach. Sowas macht man doch nur für eine Frau, die man liebt."

„Oder für jemand, den man beerben will", dachte Christian bei sich, sagte es aber nicht laut.

„Es war nett von ihm", sagte er zur Beruhigung seiner Schwester.

„Nicht wahr? Oh, und er wird sicher jetzt, wo du wieder da bist, auch ganz offiziell bei dir um meine Hand anhalten. Da bin ich mir sicher. Du wirst sehen, was für ein aufrechter Mensch er ist. Was meinst du, sollen wir ihn heute zur Feier des Tages zum Dinner einladen?“

Doch bevor Christian antworten konnte, ertönte erneut ein Klopfen an der Tür.

~~~

Eloise strich mit der Hand noch einmal durch ihre Sachen. Alles schien unberührt, dabei konnte sie sich kaum vorstellen, dass man nicht auch hier nach Hinweisen gesucht hatte, wo sich Christian und sie befanden.

Ob es Gracie gewesen war? Oder doch Rina?

Oder hatte man ihr gar nicht so viel Bedeutung beigemessen, dass man überhaupt in ihrem Zimmer gewesen war?

Sie seufzte.

Es fiel ihr schwer, Christian allein zu lassen. Am liebsten hätte sie die ganze Zeit an seiner Seite gestanden, aber sie hatte nicht darauf warten wollen, bis Gracie oder Christian selbst sie fortschickten.

Obwohl sie schon seine Pflegerin gewesen war, bevor überhaupt der Verdacht entstanden war, dass er vergiftet wurde, fiel ihr die Rolle nun Zunehmens schwerer.

Die Pflegerin hätte brav gewartet, bis sie gebraucht wurde oder wäre nur kurzzeitig aufgetaucht, wenn es Zeit war, ein Medikament zu verabreichen.
~~~

Aber die liebende Frau in ihr wollte ihrem Mann helfen und für ihn da sein. Es drängte sie, wieder herunterzugehen. Christian irgendwie wissen zu lassen, dass sie da war.

Aber war das die richtige Entscheidung? Oder würde es zu aufdringlich wirken?

Sie seufzte.

Sie hatte ihre Tür nicht geschlossen, dass plötzlich ein leises Klopfen zu hören war. Jemand betätigte den Türklopfer.

Erwartete man im Haus Besuch? Oder hatte sich die Nachricht schon so schnell herumgesprochen, dass der Lord zurück war, dass sich jemand nach ihm erkundigen wollte? Vielleicht der Verwalter?

Aber nein, sie waren nicht mit der Familienkutsche gereist. Niemand konnte ahnen, dass es der Lord war, der vor White Rose Hall vorgefahren war. Selbst die Dienstboten hätten nicht die Zeit gehabt, die Nachricht von der Rückkehr des Lords in den Ort zu tragen.

Eloise wurde unruhig. Sie konnte ihren Mann nicht allein lassen. Sie verließ ihr Zimmer und ging den Flur hinunter, der sie in die Eingangshalle führen würde.

Sie hörte bereits Stimmen.

„Oh, wie freue ich mich, dass du kommst. Sieh nur, wer wieder da ist“, hörte Eloise Gracies flötende Stimme.

Eloise blieb ähnlich wie zuvor Gracie an dem Geländer der oberen Etage stehen. Sie sah herunter auf die Gruppe an Leuten, die unten in der Eingangshalle standen.

Da war Gracie, die sich bei Christian untergehakt hatte. Das Dienstmädchen, das die Tür des Hauses verschloss. Und Doktor Blake.

„Mylord, Sie hier? Damit habe ich jetzt nicht gerechnet. Ich war erst gestern wegen Ihnen in

Elderhurst bei Ihrem Freund, dem Baron. Wir hatten angenommen, dass Sie dort gewesen wären."

Der Doktor sah Christian mit einem erwartungsvollen Ausdruck auf dem Gesicht an. Auch er brannte offenbar darauf zu wissen, wo Christian gewesen war.

Eloise biss sich auf die Unterlippe. Christian und sie hatten nie besprochen, was sie sagen würden, wenn sie gefragt würden. Es war dumm, denn seine Schwester hatte gewiss schon dieselbe Frage gestellt wie Doktor Blake.

„Das tut mir leid, dass Sie sich solche Umstände wegen mir gemacht haben", gab Christian zurück, sichtlich nicht mit dem Willen Auskunft über seinen Aufenthaltsort zu geben.

„Travis, ich habe Christian schon gesagt, dass du um meine Hand angehalten hast", berichtete Gracie dabei begeistert Doktor Blake.

Also war es doch wahr, was er Eloises Vater erzählt hatte. Die beiden hatten sich verlobt.

„Ja, das ist ja sehr nett, mein Kind." Der Doktor winkte ab und richtete seine Aufmerksamkeit auf Christian. „Sie wissen schon, dass Sie sich in ernsthafte Gefahr begeben haben? Und das alles nur wegen dieser Pflegerin."

Jetzt fiel sein Blick auf sie.

„Ah, da sind Sie ja. Was für einen Floh haben Sie dem Lord ins Ohr gesetzt? Dass ich mich nicht richtig um ihn kümmere? Dass Sie besser wissen, was er braucht?"

Eloise stand schweigend am Geländer und sah der Szene zu.

Gracie Bradford ließ den Arm ihres Bruders los, um zu dem des Doktors zu wechseln. „Aber er ist doch wieder da."

„Ja, und wenn er einen Rückfall hat? Das wird man mir nicht anlasten. Nicht nach den Strapazen, die *diese*

Person den Lord erleiden lassen hat. Also Miss Padgett, der nächste Anfall des Lords geht auf Ihre Rechnung. Dafür werden Sie sich zu verantworten haben."

Seine Stimme hallte von den Wänden der Halle wider. Der Doktor stand unten und richtete seinen Zeigefinger auf sie, als wäre sie die Angeklagte in einem Gerichtssaal.

„Aber Travis, Christian scheint es doch wieder gut zu gehen", redete Christians Schwester auf ihn ein. Aber der Doktor hatte sich so richtig in Rage geredet: „Ja, aber kannst du sagen, wie lange dieser Zustand anhält und wie schwer der nächste Anfall wird?"

Christians Schwester sah betreten zu Boden. „Aber wir sollten doch das Beste hoffen."

„Ich bin Arzt. Meine Aufgabe ist es, nicht zu hoffen, schließlich bin ich nicht der Vikar. Meine Arbeit beruht auf Tatsachen. Und es ist eine Tatsache, dass die Anfälle schlimmer geworden sind, wenn dein Bruder sich überanstrengt hat. Und diese Reise - Ich sage dir, wir müssen auf alles gefasst sein."

„Vielleicht würde es sie dann beruhigen, wenn Sie heute Abend als Gast unserem Dinner beiwohnen. Immerhin haben Sie vor, Teil dieser Familie zu werden. Natürlich nur, wenn es Ihre Patienten und die Anzahl an Hausbesuchen zulässt." Christian sah lächelnd zu dem Doktor herüber.

„Oh, du musst heute Abend kommen. Versprich es mir!", rief Gracie begeistert.

Der Doktor atmete immer noch schnell wegen seiner endlos erscheinenden Tiraden. Sein Gesichtsausdruck verriet, wie überrascht er von Christians Angebot war.

Wenn Eloise ehrlich war, war sie es genauso.

Ob es tatsächlich eine gute Idee war, Doktor Blake zum Dinner einzuladen?

Kapitel 12

„Weißt du, wie lange ich diesen Anzug nicht mehr getragen habe?“ Christian besah sich im Spiegel und strich über den Stoff der dunklen Anzugjacke. Die Sachen waren etwas weit. Scheinbar hatte er doch über die Länge der Zeit einiges an Gewicht verloren. Aber es war nicht so weit, dass es nicht tragbar für ihn wäre. Er merkte es nur an dem Hemd und dem Hosenbund.

„Hältst du es wirklich für eine gute Idee, Doktor Blake zum Dinner einzuladen?“

Christian sah auf den Spiegel, in dem er Eloise hinter sich auf der Lehne eines Stuhles sitzen sah. Seine erste Anweisung nach seiner Rückkehr war gewesen, den Spiegel zurückzubringen. Er hatte keinen Grund mehr, sich vor sich selbst zu verstecken.

„Das ist schon das zweite Mal, dass du mich heute fragst, ob ich etwas für eine gute Idee halte.“

„Das ist keine Antwort auf meine Frage. Du weißt, welcher Gefahr du dich aussetzt?“ Unzufrieden legte sie ihren Kopf auf die Seite und zog eine ihrer hübschen Augenbrauen in die Höhe.

„Ich bin in Gefahr, seit ich dieses Haus betreten habe."

Eloise schnaubte. Obwohl sie genau wusste, dass er recht hatte.

Er drehte sich zu ihr herum und zupfte sich noch einmal an der Krawatte, die sich kunstvoll um seinen Hals schlang. „Wenn ich etwas herausfinden will, dann muss es schnell sein. Das wissen wir beide. Mit jedem weiteren Tag steigen für denjenigen die Chancen, dass er mich überlistet und ich durch eine Nachlässigkeit etwas zu mir nehme, dass …"

Christian schluckte das letzte Wort herunter. Es musste nicht genannt werden, Eloise wusste nur zu gut, was er hatte sagen wollen.

„Mir ist nicht wohl bei der Sache. Ich habe Angst, Christian."

Er ließ die Hände sinken. Als wenn er keine Angst hätte. Er hatte Angst um sein Leben, aber viel mehr noch um das der Menschen, die ihm am nächsten standen: Eloise und Gracie.

„Ich werde vorsichtig sein", versicherte er ihr und strich über ihren Oberarm. Am liebsten hätte er sie in seine Arme geschlossen und an sich gedrückt, fest in dem Wissen, dass er niemals diesen zarten Lippen widerstehen könnte.

„Ich werde nur von dem essen und trinken, was alle bekommen. Derjenige wird ja wohl hoffentlich nicht die ganze Dinnergesellschaft vergiften wollen."

„Bitte, es ist nicht lustig."

„Ich weiß, Eloise."

Eloise stand auf und ging unruhig im Zimmer auf und ab. „Und das Schlimmste ist, dass ich nicht bei dir sein kann."

Christian trat hinter sie, streichelte über ihre Arme und küsste ihren Hals.

„Ich weiß, dass es schlimm für dich ist. Aber du kannst mir helfen, indem du dich in die Küche begibst und ein wenig umhörst."

„Wir hätten nicht herkommen sollen."

Christian seufzte. „Du weißt, dass das nicht gegangen wäre. Vielleicht wird alles nicht so schlimm, wie wir denken." Er wusste selbst, dass es dumm war, was er sagte. Aber eigentlich hatte er Eloise nur beruhigen wollen.

Diese aber wand sich aus seiner Berührung und stellte sich vor ihn.

„Christian, du weißt genau, dass es hier jemand gibt, der dir letztens Gift in deine Kürbissuppe getan hat. Was bitte soll daran nicht so schlimm sein?"

„Gift?"

Erschrocken drehte sich Christian herum und sah zur Tür.

Rina stand da und sah ihn mit weit aufgerissenen Augen an. Ihre Hand so fest um die Klinke gelegt, dass ihre Knöchel weiß wurden. „Jemand hat Ihnen Gift in das Essen getan?"

Christian schluckte. Nun hatten sie doch eine Mitwisserin.

Seine Gedanken rasten.

Was war nun zu tun?

Auf gar keinen Fall durfte Rina heruntergehen und es den anderen Dienstboten erzählen, noch seiner Schwester oder ihrem Gast.

Sein ganzer Plan wäre damit zunichte.

„Komm herein, Rina. Und schließ die Tür hinter dir."

Das Dienstmädchen trat zögernd ein und tat, wie er ihr befohlen hatte.

„Mylord, ist das wirklich wahr? Jemand - jemand hat Gift in Ihr Essen getan?"

„Ja, Rina. Ich war nie krank. Jemand hat mir Arsen verabreicht."

„Arsen?", fragte Rina und griff sich an den obersten Knopf ihrer Bluse.

Vorsichtig trat er einen Schritt näher auf das Mädchen zu. Er wollte ihr keine Angst machen und schon gar nicht wollte er, dass sie aus dem Zimmer stürzte.

„Aber, Mylord. Niemand war an Ihrem Essen. Nur die Köchin."

Rina sah nachdenklich zu Boden. Plötzlich schnappte sie nach Luft und starrte Christian angsterfüllt an.

„Doch da war jemand an Ihrem Essen."

„Rina, wer war das?" Konnte dieses Dienstmädchen der Schlüssel zu der ganzen Sache sein? Würde er über sie endlich einen dringend gebrauchten Hinweis auf denjenigen bekommen, der ihn Tod sehen wollte?

Rinas Unterlippe begann zu zittern. „Ich, Mylord."

~~~

Eloise trat hinter Christian und legte ihre Hand auf seinen Rücken. Die Worte des Dienstmädchens waren so ungeheuerlich, dass Eloise kaum ihren Ohren traute.

„Du?", fragte Christian, der offensichtlich genauso fassungslos schien wie Eloise.

Rina begann zu weinen. „Ja, Mylord. Aber ich wollte das nicht. Nicht das. Es sollte doch nur …"

Ihre weiteren Worte erstickten unter ihren Tränen. Christian wechselte einen schnellen Blick mit Eloise aus. Auch sie konnte sich keinen Reim auf das Gesagte machen.
~~~

„Er hat es mir gegeben. Es sollte Ihnen doch helfen. Sonst hätte ich es doch nie getan."

Das Mädchen wich rückwärts von ihnen zurück und stieß vor die Kante des Bettes. Etwas unbeholfen stolperte sie, landete auf der Matratze.

Mit hochrotem Gesicht erhob sie sich wieder.

„Wer hat dir was gegeben?", fragte Christian und folgte dem Mädchen weiter.

„Doktor Blake. Er - er ist zu mir gekommen. Hat mir erzählt, wie schlecht es Ihnen gehe und dass Sie nicht nehmen wollten, was er Ihnen geben wollte. Ich wollte nicht..."

Das Dienstmädchen hob abwehrend die Hände. „Wirklich, Mylord. Aber der Doktor meinte, ich hätte doch - eine - eine kleine Schwäche für Mylord. Und nur ich könnte helfen, denn Sie wären zu unvernünftig zu sehen, wie schlimm es um Sie steht."

Wie es Eloise geahnt hatte. Das Dienstmädchen war in Christian verliebt.

Christian sah Eloise entsetzt an. Ob darüber, was Doktor Blake getan haben sollte oder über die Neigung seines Dienstmädchens, wusste sie nicht.

„Rina, was hat er dir genau gesagt? Du musst es uns sagen, nur so können wir seiner Lordschaft helfen. Oder willst du, dass man ihm weiter schadet?"

Eloise kam sich gemein vor, die Zuneigung des Mädchens auszunutzen, um der Sache weiter auf den Grund zu gehen.

„Nein, Miss Padgett, auf gar keinen Fall. Der Doktor ist zu mir gekommen, als es dem Lord schon einige Zeit schlecht ging. Er - erzählte mir, der Lord weigere sich, ein wichtiges Aufbau Pulver zu nehmen. Wenn er das nicht bekomme, könne er wieder einen solch schlimmen Anfall erleiden."

Das Dienstmädchen zupfte nervös an ihrer Schürze herum. „Ich habe ihn einmal gefragt, warum der Lord dann häufig einen Anfall bekam, er sagte mir, dass es daran liege, dass er schon viel zu lange das Medikament nicht mehr genommen habe. Ich habe ihm geglaubt."

Rina begann heftig zu weinen.

Christian warf Eloise einen nachdenklichen Blick zu. Sie wusste, dass er sich fragte, ob diese ganze Geschichte stimmen konnte.

Rina wischte sich mit dem Ärmel ihres Kleides über ihr Gesicht und sah die Blicke die Eloise und er austauschten.

„Bitte, Sie müssen mir glauben."

Hastig begann sie in ihrer Schürze zu suchen. „Hier, dieses Papiertütchen hat er mir erst heute wieder gegeben, als ich ihn hereingelassen habe."

„Der Doktor ist schon da?", fragte Christian erstaunt.

Rina nickte. „Ja, deswegen bin ich eigentlich hierhergekommen. Um Ihnen Bescheid zu geben."

„Das Tütchen hat er dir heute gegeben?", fragte Eloise erstaunt.

„Ja, Miss Padgett. Er sagte, dass der Lord das Mittel dringend brauche, weil er während seiner Abwesenheit es nicht habe nehmen können. Er war sehr besorgt, dass der Lord wieder einen Anfall bekommen würde."

Rina hielt Eloise das Tütchen hin.

„Sehen Sie, Miss. Er hat sogar auf das Tütchen geschrieben."

Eloise nahm das Papierbehältnis an sich und betrachtete es. Es war die gleiche Schrift wie die auf der Liste der Medikamentierung. Es war die Schrift des Arztes.

Christian blies überwältigt Luft aus. „Aber in was solltest du es tun? Ich gedenke heute, mit meiner

Schwester und Doktor Blake zu speisen. Ich werde essen, was alle essen."

Rina schüttelte heftig den Kopf. „Aber Ihre Schwester hat heute doch wieder angewiesen, dass Sie eine Kürbissuppe erhalten sollen. Sie war dafür extra in der Küche. Sie meinte, die Suppe wäre besser für Ihren Magen als die kräftige Rindersuppe."

Christian fuhr sich mit der Hand über das Gesicht. Allem Anschein nach war Gracie mit an der Sache beteiligt. Was für ein schrecklicher Gedanke musste das für Christian sein.

Seine eigene Schwester.

„Mylord, Sie dürfen wirklich nicht glauben, dass ich Ihnen schaden wollte."

Christian sah auf das Tütchen in Eloises Hand.

„Ich glaube Ihnen, Rina. Aber jetzt gibt es wirklich etwas, womit Sie mir helfen können."

~~~

Christian ließ sich an dem Tisch im Speisesaal nieder. Einen Kerzenleuchter hatten die Diener auf den Tisch gestellt, da sie nur zu dritt beim Dinner waren und in diesen Fällen meist nicht viel Tischdekoration aufgetragen wurde.

Christian saß am Kopfende des Tisches. Seine Schwester zu seiner Linken und der Arzt zu seiner Rechten.

„Ich denke, es ist angebracht, dass ich mich für Ihre freundliche Einladung bedanke", sagte Doktor Blake und legte seine Finger aneinander.
~~~

„Natürlich möchte ich den Mann besser kennenlernen, der …“ Christian entfaltete seine Serviette. „Der sich mit meiner Schwester verlobt hat.“

„Ja, sehen Sie. Ich wollte es nicht über Ihren Kopf hinweg entscheiden. Aber das Kind war so außer sich, dass ich mir die Freiheit genommen habe, ihr diese kleine Freude zu machen. Selbstverständlich wollte ich zu gegebenem Zeitpunkt Ihre Zustimmung einholen.“

„Natürlich“, sagte Christian und sah den tadelnden Blick seiner Schwester, die offenbar der Meinung war, dass er ihren zukünftigen Ehemann nicht mit der gebührenden Freundlichkeit behandle.

Aber sie konnte kaum ahnen, wie sehr er sich beherrschen musste, um überhaupt an diesem Tisch zu sitzen.

Von einem der beiden war er mehr als sicher, dass er hinter den feigen Giftattacken steckte. Aber wie stand es mit Gracie?

War sie Teil dieses schmutzigen Spiels? Oder war sie blind verliebt in ihren Doktor, dass sie alles für ihn tat? Selbst ihren eigenen Bruder vergiften?

Die Türen des Speisesaals öffneten sich, und der Butler brachte das Essen auf einem silbernen Tablett. Auch seinen Teller mit der Kürbissuppe, die man vielleicht als seine Henkersmahlzeit angedacht hatte.

Der Butler stellte den Teller vor ihn, und Christian konnte sich nicht helfen, aber er gab einen verächtlich schnaubenden Laut von sich.

„Was hast du, Christian?“, fragte seine Schwester verwundert.

„Warum bekomme ich Kürbissuppe und nicht wie jeder andere hier im Saal Rindersuppe?“ Er ließ sein Missfallen deutlich erkennen.

„Oh, das war ich." Gracie legte ihre Hand auf seine. „Travis war so nett, mich darauf hinzuweisen, dass dein Magen vielleicht noch angegriffen ist und du ihn schonen solltest."

Sie machte ein so liebliches Gesicht, dass er sich wieder fragte, wie er auch nur einen Moment hatte glauben können, dass Gracie irgendetwas tun könnte, um ihm zu schaden.

„Diese Suppe geht auf Ihr Konto, Doktor Blake?" Christian zog eine Augenbraue in die Höhe.

„Ja, Mylord. Ich hatte noch nicht die Zeit, mit Ihnen genauer über die Spanne zu sprechen, in der Sie nicht hier waren. Und da ich nicht wusste, wie Ihr Befinden war, habe ich Gracie dazu geraten."

Wieder sah Christian auf den Teller. „Also, wenn meine Schwester und mein Arzt einer Meinung sind, werde ich mich wohl an diesem Abend mit der Kürbissuppe zufriedengeben."

Beherzt griff er nach dem Löffel und füllte ihn mit Suppe. Für einen Moment sah er zögernd auf die orange Flüssigkeit. Er dachte zurück an die letzte Suppe, und sein Herz begann in seiner Brust zu hämmern.

Auch wenn er wusste, dass Rina Eloise und ihm das Tütchen mit dem Pulver gegeben hatte, blieb ein mulmiges Gefühl.

„Hast du etwas?", fragte ihn seine Schwester und sah ihn verwundert an.

„Nein, Kürbissuppe zählt nur nicht zu meinen bevorzugten Speisen."

Er öffnete seinen Mund und aß den ersten Bissen. Seine Hände fühlten sich mit einem Mal feucht an und er fragte sich, ob jemand der Anwesenden bemerkte, dass er Angst hatte. Mühsam schluckte er den Bissen herunter. Es fühlte sich an, als wenn er einen faustgroßen Stein herunterwürgen musste.

Aber nun gab es kein Zurück mehr. Er musste weiteressen. Christian wunderte sich selbst über seinen Mut. Aber er musste Eloise und Rina Zeit verschaffen. Sein ganzer Plan hing an einem seidenen Faden.

„Ist etwas mit Ihnen, Mylord?", fragte Doktor Blake völlig unerwartet.

„Wieso? Was meinen Sie?", fragte Christian und griff nach dem Glas, in das man zumindest wie allen Wein geschüttet hatte. Diesen trank er beruhigter. Der gute Doktor würde nicht sich selbst vergiften wollen.

„Sie kommen mir mit einem Mal so blass vor."

War er blass? Konnte man ihm bereits seine Angst am Gesicht ablesen?

„Du hast recht, Travis. Er sieht in der Tat ein wenig blass aus. Geht es dir gut?"

Christian zwang sich zu einem Lächeln. „Ich denke doch."

Etwas musste er noch durchhalten.

Der Butler kehrte zurück, sammelte die Suppenteller ein, von dem Christian immerhin die Hälfte gegessen hatte.

Doktor Blake redete immer wieder über seinen Besuch in Elderhurst und wie sehr der Baron Christians Besuche vermisse.

„Ja, sehr bedauerlich." Christian nickte. Eloise hatte ihm gesagt, dass es sich wahrscheinlich wieder um eine ähnliche Dosis wie bei dem vergangenen versuchten Anschlag auf ihn handelte. Es wurde Zeit, dass das Schauspiel begann.

Der Butler war gerade dabei, den Hauptgang zu servieren, und Christian bedauerte genau jetzt, den Tisch verlassen zu müssen. Es wurde ein sehr appetitlicher

Braten aufgetragen, den er nur zu gern genossen hätte. Immer wieder wunderte sich Christian über sich selbst.

Er konnte nicht von sich behaupten, früher ein Vielesser gewesen zu sein, aber jetzt, nach allem, was passiert war, war er zu einem begeisterten Esser und Genießer geworden.

Dies allein war Grund genug zu gehen, denn niemand würde ihm den armen Kranken abkaufen, wenn er auch noch diesen Gang verspeiste.

Christian rieb sich mit der Hand über die Stirn. „Würde es euch etwas ausmachen, wenn ich mich vielleicht jetzt schon zurückziehen würde?"

Gracie riss die Augen auf. „Geht es dir nicht gut, Christian?"

„Ich weiß nicht, vielleicht ist es die Reise. Ich vermute, es ist besser, ich lege mich hin. Vielleicht stoße ich später noch zu euch."

„Ja, Mylord. Es wird besser sein. Sie sollten Ihre Kräfte nicht überstrapazieren." Doktor Blake nickte in seiner besserwisserischen Art. Am liebsten hätte Christian ihm mit der Faust ins Gesicht geschlagen für die ganze Zeit, in der er ihn gequält hatte. Aber noch war nicht der Moment, an so etwas zu denken.

Christian legte seine Serviette auf den Tisch und ging in einer leicht gebeugten Haltung zur Tür.

Dabei blieb ihm nur zu hoffen, dass Eloise und Rina alles erledigt hatten, was er ihnen aufgetragen hatte.

~~~

„Doktor Blake, Miss Bradford. Es tut mir leid, Sie während des Dinners stören zu müssen." Eloise machte
~~~

einen zerknirschten Gesichtsausdruck. Die beiden Angesprochenen sahen sie mit einer Mischung aus Verwunderung und Ablehnung an.

Eloise rang die Hände nervös ineinander. Ihr Herz klopfte bis zum Hals. „Doktor Blake, könnte ich Sie kurz sprechen?“

„Ist etwas wegen meinem Bruder?“, fragte Gracie Bradford sichtlich besorgt.

„Nicht direkt, Miss.“

„Hat es dann nicht Zeit bis nach dem Essen?“ Doktor Blake machte eine Handbewegung, als wollte er Eloise und ihr Anliegen aus seinem Bewusstsein verdrängen.

„Doktor, es ist - wäre mir wirklich wichtig.“

„Und mir ist gerade dieser vorzügliche Braten recht wichtig.“

Eloise sah Hilfe suchend zu Christians Schwester herüber. Diese rutschte unruhig auf ihrem Stuhl herum, dass ihr Kleid begann, unvorteilhafte Falten zu werfen.

„Travis, vielleicht könntest du dir doch anhören, was die Miss möchte. Sie wird sich sicher kurzfassen und dich nicht länger aufhalten als nötig.“

Gracie nickte mit ihrem Kopf, dass Eloise zustimmen sollte. „Ja, gewiss, Doktor Blake. Es wird nicht viel Zeit in Anspruch nehmen.“

Der Arzt tupfte sich seinen Mund ab und sah sie nachdenklich an. „Also schön, was haben Sie denn auf dem Herzen?“

Ob er so auch mit seinen Patienten redete? Eloise vermutete es, wollte es aber nicht genauer wissen.

„Ich würde Sie dafür gern allein sprechen.“

Der Doktor presste seine Lippen aufeinander. Ihm gefiel die Situation absolut nicht.

„Ach Travis, geh doch eben, vielleicht ist es wichtig. Sonst würde die Miss dich sicher nicht beim Dinner stören."

Doktor Blake warf seine Serviette auf den Tisch und erhob sich. Mit großer Geste sagte er an Gracie gerichtet: „Besser, du gewöhnst dich an solche Situationen, mein Kind. Ich bin ein Mensch, der sein Leben dem Wohle der Menschheit gewidmet hat. Und diese verlangen meist zu den unchristlichsten Zeiten meinen Beistand. Aber was soll ich machen, das Schicksal eines Arztes ist es zu helfen, wann und wo er gebraucht wird."

Eloise unterdrückte den Drang, ihre Augen über diese pathetische Rede zu rollen. Gracie schien tief bewegt von seinen Worten. „Oh, wir wissen doch alle, wie sehr du dich aufopferst, Travis."

Während er Eloise aus dem Saal folgte, rief er seiner Verlobten zu. „Oh bitte, nicht so viel Lob. Es ist nur ein kleiner Beitrag, den ich gegen das Elend der Welt tun kann."

Eloise drehte sich nicht mehr zu ihm, sondern ging über den Flur in Richtung der Bibliothek.

„Miss Padgett, wo gehen Sie hin? Ich dachte, wir wollten zu seiner Lordschaft?"

Eloise sah sich zu ihm um. Er stand an der Treppe und deutete in den oberen Stock.

„Nein, ich würde Sie gern in der Bibliothek sprechen, Doktor."

Der Arzt stand ein wenig unschlüssig an der Treppe, als wenn es ihn verunsicherte, was sie von ihm wollte. Schnell fasste er sich wieder. „Gut, ganz, wie Sie wünschen."

Eloise ging in den großen Raum vor, der über und über mit Buchregalen gefüllt war.

Doktor Blake folgte ihr und schloss hinter sich die Tür.

„Also, Miss Padgett. Wo drückt Sie Ihr Damenschühchen?“

Eloise presste die Lippen aufeinander. Sie hasste, wie abfällig er mit ihr redete. Aber sie musste einen kühlen Kopf bewahren. Sie durfte sich nicht von ihren Gefühlen übermannen lassen. Sonst stände Christians ganzer Plan auf dem Spiel. Alles hing nun an ihr. Sie musste dem Doktor ein Geständnis entlocken. Irgendwie.

Eloise versuchte, ruhig zu bleiben, was schwer war bei dem Aufruhr in ihrem Inneren. Sie holte tief Luft und drehte sich zu Doktor Blake herum.

„Warum wollen Sie den Lord vergiften?“

Blake sah sie einen Moment perplex an. Dann begann er amüsiert zu lachen. „Tragen Sie mir immer noch die Magenmittel nach? Ich habe Ihnen bereits gesagt, dass der Lord ein sehr schwieriger Fall ist und dass ich, …“

„Dass Sie dafür gesorgt haben, dass er das ist?“ Eloise wusste nicht, woher sie den Mut nahm, den Doktor so direkt damit zu konfrontieren. Aber welche andere Strategie blieb ihr?

Er legte seinen Kopf auf die Seite und setzte sich auf die Rückenlehne eines niedrigen Ledersessels.

„Was wollen Sie damit sagen?“

„Dass Sie seine Lordschaft systematisch und langsam vergiften.“

„Sie haben eine blühende Fantasie, Miss Padgett.“

Er wird nicht gestehen, hämmerte es in ihrem Kopf.

Er wird es nicht.

Dann würde er mit allem davonkommen.

„Ich habe Beweise.“

„Mhm“, machte er, als wäre sie ein höchst interessanter Fall. Dabei zog er seine Tonpfeife hervor und stopfte sie in aller Ruhe.

„Und welche Beweise sollen das sein, Miss Padgett?“

Sie griff in ihre Rocktasche und zog das Papiertütchen von Rina hervor.

„Das hier, Doktor Blake."

Er hatte sich ein Streichholz entzündet und hielt in der Bewegung inne. Sein Blick fixierte das Stück Papier in ihren Händen. Kurz bevor die Flamme seine Finger erreicht hatte, schüttelte er das Streichholz aus und warf es achtlos in den Kamin.

„Woher haben Sie das?"

„Spielt das eine Rolle?"

Wieder lachte er. „Miss Padgett, Sie erheben schwere Vorwürfe gegen mich, da sollten Sie mir schon die Möglichkeit geben, mich zu erklären."

„Dieses Päckchen haben Sie dem Dienstmädchen gegeben."

Er zog einige Male an der Pfeife, dass feiner Rauch hervorstieg.

„Miss Padgett, ich gratuliere Ihnen. Sie haben mich überführt. Ich habe der kleinen Rina das Tütchen heimlich hinter dem Rücken des Lords gegeben."

Eloise zog die Augenbrauen zusammen. Was tat Doktor Blake da?

„Und was gedenken Sie jetzt mit mir zu tun? Mich in den Tower of London sperren, weil ich dem Lord heimlich ohne sein Wissen ein Aufbau Pulver verabreicht habe?"

„Wir beide wissen, was in diesem Tütchen ist." Sie hielt ihm das Papier entgegen.

„Aufbau Pulver, wie ich gesagt habe. Überzeugen Sie sich doch selbst." Dabei hatte Doktor Blake ein hämisches Grinsen auf den Lippen.

Eloise sank der Mut, so würde sie nie ein Geständnis von ihm bekommen. Und dann würde er da weiter machen, wo er aufgehört hatte. Nur dieses Mal perfider, so dass man es ihm nicht mehr so leicht nachweisen konnte. Er würde Gracie heiraten und dann, wenn sie geerbt hatte und mit ihm verheiratet war, bräuchte er sie auch nicht mehr.

Eloises Hals fühlte sich wie zugeschnürt an. Scheinbar gab es nur noch eine Möglichkeit.

Sie ging zu einem Tisch an der Wand, auf dem einige Gläser standen. Sie waren ähnlich sauber aufgereiht wie die in Christians Zimmer.

Eloise griff sich eins, schüttete den Inhalt des Tütchens hinein und eine Portion Wasser darauf.

Doktor Blake beobachtete jede ihrer Handbewegungen.

„Und wollen Sie immer noch behaupten, dass in dem Wasser ein Aufbau Mittel ist?"

Eloise sah ihn herausfordernd an.

„Ich werde nichts anderes behaupten, Miss Padgett. Auch wenn es Sie enttäuscht."

Eloise griff nach dem Glas. Mit zitternder Hand setzte sie es an ihre Lippen.

Sie dachte noch einmal an Christian und tat einen großen Schluck.

Sie bemerkte ein kurzes Zucken in der Miene Doktor Blakes, der weiter seine Pfeife rauchte.

Sie stellte das halbleere Glas zurück auf den Tisch.

„Und jetzt?"

„Was und jetzt, Miss Padgett?"

Er betrachtete sie interessiert wie ein Versuchskaninchen.

„Wollen Sie immer noch behaupten, es wäre ein Aufbau Mittel?"

Der Arzt zog genüsslich an seiner Pfeife.

„Selbst wenn nicht, wäre die Dosis, die sie getrunken haben, zu hoch, um noch etwas zu tun."

~~~

Christian starrte mit weit aufgerissenen Augen in das Innere der Bibliothek. Auch sein Anwalt neben ihm und der Richter der Gegend sahen entsetzt auf die Geschehnisse in der Bibliothek.

Eloise schwankte etwas und griff zur Hilfe nach einem der Sessel.

„Was ist denn, Miss Padgett? Geht es Ihnen nicht gut? Hm, vielleicht lagen Sie doch nicht so falsch mit Ihrer Vermutung. Ich konnte ja nicht ahnen, dass Sie es wirklich trinken würden."

„Wie wollen Sie das rechtfertigen?"

„Ihren Tod? Scheinbar haben Sie sich so schuldig gefühlt, weil sie den armen Lord so in Gefahr gebracht haben. Ja, Schuld kann sehr schwer wiegen. Vor allem auf den Schultern einer so jungen Miss."

„Wir müssen rein", raunte Christian Mr Cunningham zu.

„Sie haben kein Geständnis."

„Aber Eloise?"

Der Anwalt schluckte. „Bei so viel Gift, wie sie getrunken hat?" Man sah ihn mit mitleidigen Blicken an.

„Warum vergiften Sie den Lord?", brachte Eloise mit deutlich brüchiger Stimme hervor.

„Das ist eine lange Geschichte. Ich weiß nicht, ob Sie so lange Zeit haben. Gut, ich fasse mich kurz. Mein Vater war ein großer Freund der Bradfords. Was kein Wunder war, er liebte, seit ich denken kann, die Mutter des Lords. Eigentlich hätte er sie geheiratet. Aber ihre Eltern haben es nicht zugelassen." Der Doktor verzog sein
~~~

Gesicht. „Mein Vater war immer so begeistert von dem Sohn der Bradfords. Wie intelligent und elegant er wäre. Ich dagegen nur ein Abbild meiner plumpen und dummen Mutter. Er hat es uns beide spüren lassen."

Der Arzt lächelte.

„Als mich der Lord einbestellte wegen einer Magen Lappalie, habe ich die Chance erkannt, den Besitz der Bradford zu meinem zu machen. Nennen wir es als Wiedergutmachung."

Eloise sank zu Boden.

„Das reicht!", rief der Richter und stieß zusammen mit dem Polizei Constable die Tür auf.

„Travis Blake, ich verhafte Sie wegen versuchten Mordes."

Christian stürzte zu der am Boden liegenden Eloise.

Doktor Blake ließ die Pfeife fallen und war mit einem Sprung an dem Tisch, wo das noch halb gefüllte Glas stand und stürzte den Rest gierig seine Kehle hinunter.

Christian presste Eloise an seine Brust, als er ihre Stimme hörte. „Das wird Ihnen nicht helfen, Doktor. Die Wirkung von Puderzucker ist recht begrenzt."

Sie setzte sich auf.

Christian blickte sie überrascht an. „Es war kein Gift in …"

Eloise schüttelte den Kopf. „Ich habe es ausgetauscht. Nicht, um es selbst zu nehmen, aber wenn er es mir entreißen würde, um der Verhaftung zu entgehen."

Christian schlang seine Arme um sie. Für einen schrecklichen Moment hatte er geglaubt, sie für immer verloren zu haben.

Wie schlau diese Frau war.

Wie schlau *seine* Frau war.

„Verdammtes Weib“, fluchte Doktor Blake und wehrte sich gegen den Griff des Constables, der dabei war, ihn in Handschellen zu legen.

Eloise drückte sich enger an Christian. Erst jetzt merkte er, wie sehr ihre Hände zitterten.

Christian legte seine Hand auf ihren Hinterkopf und wiegte sie sanft, fast wie ein Baby.

„Es ist alles gut, Liebste. Du warst so tapfer. So tapfer für mich.“ Er küsste ihre Stirn.

Gern hätte er die ganze Sache von ihr weggehalten, aber er hätte dieses Geständnis nie von dem Arzt bekommen, da war er sich sicher.

Ihm gegenüber hätte er es nie zugegeben.

Plötzlich wurde die Tür geöffnet.

„Was ist denn hier los? Ich habe solch einen Lärm von hier gehört, dass …?“

Gracie stand in der Tür. Sie sah verwundert um sich. „Aber Travis, was ist - soll das?“

„Lass mich doch in Ruhe, dummes Ding“, zischte Blake Gracie an, während der Constable ihn aus der Tür schob.

„Christian, was ist hier los? Was ist mit Travis?“

Gracie hatte ihre Augen weit aufgerissen und sah sich verständnislos um.

„Miss Bradford, seien Sie froh, dass es nie zu einer offiziellen Verlobung gekommen ist. Ihrem Verlobten wird der Prozess gemacht, weil er Ihren Bruder versucht hat zu vergiften“, erklärte der Advokat recht trocken.

„Christian?“ Sie sah ihn Hilfe suchend an.

„Kümmer dich um deine Schwester. Ich komme klar“, forderte ihn Eloise auf, die vom Fußboden aufstand.

„Gracie, es ist wahr. Es tut mir leid.“

Tränen schossen aus den Augen seiner Schwester. „Aber das kann nicht stimmen, ich weiß es doch, er ist doch ein guter Mensch.“

Christian nahm seine Schwester in den Arm.

„Nein, das ist er nicht. Er hat dich benutzt. Er wollte nur dein Erbe, das nach meinem Tod an dich gefallen wäre.“

Ihre Finger krallten sich in den Stoff seines Hemdes. „Oh Christian.“

Alles hatte ein gutes Ende gefunden. Auch wenn Gracie es noch nicht sehen konnte.

Epilog:

„Herzlichen Glückwunsch zum Geburtstag.“ Eloises Vater drückte sie an sich. „Da hat sich dein Mann nicht lumpen lassen. Es ist ein herrliches Fest.“

Eloise musste ihrem Vater recht geben. Sie sah sich in der Eingangshalle um, die überall mit üppigen Blumendekorationen versehen war. Aus dem Speisesaal drang die Musik eines Streichquartettes in die von Gästen gefüllte Eingangshalle.

„Sag mir ehrlich. Bist du glücklich mit Christian?“

„Ja, sehr. Er ist so aufmerksam zu mir. Mehr, als ich es mir jemals hätte wünschen können.“

Ihr Vater nahm sich ein Sektglas von dem Tablett eines Dieners, der die Gäste mit Getränken versorgte.

„Hast du gehört, was aus dem Arzt geworden ist?“, fragte er sie.

Eloise seufzte. Es war kein Thema, an das sie gern zurückdachte. „Ja, das habe ich. Es wird bald einen Prozess in London geben. Christians Anwalt will versuchen, Christian und mich, soweit es geht, aus der Sache herauszuhalten, immerhin waren der Anwalt und ein Richter Zeuge. Da sollte Christians Aussage nicht mehr nötig sein."

Eloise redete nicht gern darüber, da es immer noch wie ein Schatten über ihrer neugewonnenen Familie lag.

Sie sah sich nach Christian um, der mit einem Freund zusammenstand.

„Da heiratest du klamm heimlich. Hätte ich dir gar nicht zugetraut."

Sein Freund Augustus lachte.

„Du hast gut reden, du hast deine Frau Mary auch nicht unter solchen Umständen kennengelernt wie ich Eloise. Zum Glück sage ich dir."

Augustus, ein hochgewachsener, blonder Mann, lächelte Christian an. „Was soll ich sagen, ich bin halt ein Glückskind. Ganz anders als mein Bruder."

„Was ist mit Damian?", fragte Christian interessiert.

Augustus seufzte und nippte an seinem Sektglas. „Hast du es gar nicht mitbekommen?"

„Was meinst du? Du hattest mir, glaube ich, eine Einladung zur Hochzeit geschickt, wenn ich mich recht erinnere. Es tut mir leid, dass ich nicht kommen konnte. Du kennst jetzt die Gründe, warum. Aber sag, wie geht es Damian als frisch gebackenem Ehemann?"

Augustus zuckte die Schultern. „Tja, was soll ich sagen. Er ist immer noch ledig."

„Ledig? Aber wieso?" Christian konnte die Worte seines Freundes kaum glauben.

„Die Miss ist überhaupt nicht zur Hochzeit erschienen, sondern ist durchgebrannt nach Madeira. Du kannst dir vorstellen, wie geknickt Damian war. Am Altar stehen gelassen."

„Ja, das kann ich mir vorstellen." Christians Blick fiel auf Gracie, die unbeteiligt auf dem Fensterbrett eines der hohen Fenster des Speisesaals saß. Ihr Blick hinaus in den Garten gerichtet. Gott allein konnte wissen, welche Gedanken ihr gerade durch den Kopf gingen. Aber meist kreisten sie nur um eine Sache: Wie sie Travis Blake so blind hatte vertrauen können.

Christian hatte ihr nie einen Vorwurf deswegen gemacht. Niemals im Leben hätte er sich selbst träumen lassen, dass der Doktor es auf sein Leben abgesehen hatte.

„Du machst dir Sorgen wegen deiner Schwester?"

Christian seufzte. „Sie lehnt es ab, jemals zu heiraten. Und du weißt, sie kann sehr stur sein, wenn sie sich etwas in den Kopf gesetzt hat. Und ich - na ja, ich werde sie nicht zwingen."

„Klingt wie Damian. Er weigert sich auch, noch einmal einer Dame den Hof zu machen. Er vertreibt sich lieber die Zeit damit zu malen. Und ich muss sagen, er ist ziemlich gut. Vielleicht könnte er euch euer Hochzeitsbild malen. Ich meine, so als Geschenk von uns an euch. Mit der heimlichen Hochzeit habt ihr euch ja um all die Geschenke gebracht."

Christian musste laut lachen.

Ein Lachen, dass Eloise sich bei ihrem Vater entschuldigen und zu ihrem Mann herübergehen ließ.

„Was gibt es denn hier so lustiges?", fragte sie und hakte sich bei Christian unter.

„Augustus hat uns gerade angeboten, dass sein Bruder unser Hochzeitsbild malt. Als Hochzeitsgeschenk."

„Oh, das ist aber reizend. Aber ich glaube, wir müssen ablehnen." Ihr Blick ging zu Gracie herüber. „Ich würde sie nur ungern allein lassen."

Christian nickte. „Sie hat recht."

Augustus zuckte die Schultern. „Dann schicke ich euch eben Damian vorbei. Es wird ihm sicher guttun, die Nase mal aus seinem Atelier zu stecken."

„Dann ist es natürlich etwas anderes. Oder nicht, Christian?“

„Auf jeden Fall. Dann nehmen wir gern an.“

„Gut, ich lasse es ihn wissen, wenn ich zurück in Elderhurst bin.“

Augustus zwinkerte ihnen zu und stürzte sich in die Menge.

„Und gefällt dir deine Geburtstagsfeier, Eloise?“

Sie lehnte ihren Kopf an seinen Arm. „Ja, sehr. Es ist wundervoll. Du hast dir so viel Mühe gegeben mit den Musikern und den Blumen.“

Christian streichelte über ihre Hand. „Du weißt, das ist wenig. Wenn du mich lässt, würde ich noch viel, viel mehr für dich tun. Jeden deiner Wünsche von deinen Augen ablesen und ihn einen nach dem anderen erfüllen. Du darfst sie mir aber auch gern ins Ohr flüstern.“

Eloise zog sanft am Arm ihres Mannes, dass er sich zu ihr herüberneigte.

„Weißt du, was ich jetzt am liebsten tun würde?“

„Nein, verrat es mir, Liebste.“

„Tanzen. Ich würde mit dir tanzen wollen. Ich bin so glücklich. Ist es nicht ein dummer Wunsch?“

Lächelnd ergriff er ihre Hand. „Nein, überhaupt nicht.“

„Was hast du vor, Christian?“

Sein Mund war dicht an ihrem Ohr. „Finnegan will endlich mit seiner Liebsten, die ihm das Leben gerettet hat, tanzen.“

„Jetzt? Hier? Vor all den Gästen?“

Christian nickte und legte seinen Arm um sie. Erst wiegten sie sich leicht im Takt der Musik. Nach und nach vergrößerte er seine Schritte. Die umstehenden

Gäste sahen sie erst nur erstaunt an, ehe einer nach dem anderen mit einstimmte.

„Siehst du, alle haben nur darauf gewartet, dass wir den Tanz eröffnen. Und ich bin so dankbar, dass ich noch viele Tänze mit dir tanzen und viele Bälle mit dir besuchen werde. Aber eins muss ich an dieser Stelle klarstellen. Das Strumpfband werde ich behalten. Immerhin habe ich es gewonnen."

„Hast du es immer noch?" Sie grinste.

„Na also wirklich. Was glaubst du, was ich in meiner Hosentasche habe? Es ist mein Glücksbringer."

Sie ließ sich von ihm galant durch den Tanz führen. „Ich ahnte gar nicht, dass du ein so hervorragender Tänzer bist, Christian. Oder sollte ich Schnuckelchen sagen?"

Er musste lachen. „Ganz wie du möchtest, Liebste."

Christian neigte sich wieder zu ihr vor. „Und es gibt etwas, dass ich dir nicht oft genug sagen kann."

„Und das wäre?", fragte Eloise, während sie zwischen den freudigen Paaren hindurch tanzten.

„Dass ich dich liebe, Eloise. Und ich werde es immer tun. Jeden Tag meines Lebens."

Eine leichte Röte legte sich auf ihre Wangen. „Ich dich auch."

Ihre Tanzschritte verlangsamten sich, denn Christian wollte die mutige Frau, die ihm das Leben gerettet hatte und es nun mit ihm teilen würde, enger in seine Arme schließen. Sie sahen sich in die Augen, und es dauerte nicht lange, bis sie gemeinsam in einen Kuss versanken, der ihre Liebe ein für alle Mal besiegelte, genauso wie das Band, das ihre Herzen für immer miteinander verband.

ENDE

Ihr Schicksal liegt in seinen Händen.
Doch alles, was er will, ist Rache …

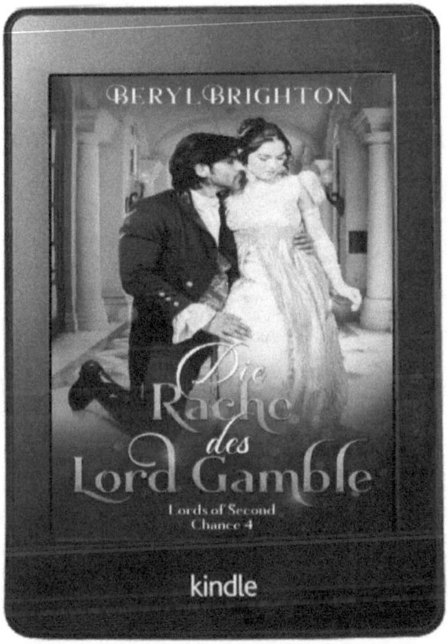

Zusatz Kapitel

Es war ein stürmischer Abend. Der Wind rüttelte an den Fenstern. Harriet Barefield mochte solches Wetter nicht. Bei einem Blitz und darauffolgendem Donner zuckte sie erschrocken zusammen. Nein, sie hasste solches Wetter. Auch wenn sie in Gesellschaft ihrer Freundin war, die selbst gut noch ein Jahr jünger war als sie und noch mehr Angst hatte als Harriet.

Aber solch ein Wetter war nichts Seltenes hier auf dem Landgut ihres Vaters Foster Barefield, Lord of Racey.

Neben dem Wetter gab es noch etwas anderes, das Harriet Besorgnis bereitete, und das war das Verbleiben ihres Vaters. Vorgestern war er nach London in seinen Club gefahren, und sie wusste, er würde wieder spielen. Ihr missfiel dieses Hobby von ihm. Ihre verstorbene Mutter hatte die Sorge ins Grab gebracht.

Gedankenverloren griff Harriet nach dem Spaniel, der zu ihren Füßen lag. Sie kraulte sanft über seine weichen Fellohren.

Ihr Vater war heute Morgen schon zurückerwartet worden. Nun war es bereits später Nachmittag. Sie begann, ernsthaft beunruhigt zu sein. Auch wenn ihr

Vater spielte, so war er doch immer in diesem Punkt verlässlich gewesen. Verabredungen pflegte er einzuhalten.

Harriet sah von ihrem Sessel in den Kamin, in dem ein wohliges Feuer knisterte. Die Kerzenflammen im Raum wiegten sich in der Zugluft, der sich plötzlich öffnenden Tür.

Mrs Fairfax trat ein. „Entschuldigen Sie, Miss, wenn ich störe."

Harriet war so in Gedanken versunken gewesen, dass sie das Klopfen an der Tür scheinbar überhört hatte.

Das Aussehen von Mrs Fairfax bereitete ihr noch mehr Sorgen. Die Hausdame sah blass aus. Ernste Falten gruben sich in ihr Gesicht.

„Was gibt es denn?", Harriets Stimme zitterte. Am Blick von Becky, ihrer Freundin, konnte sie erkennen, dass diese auch das Aussehen der Hausdame bemerkt hatte.

„Es ist - wie soll ich sagen", die Hausdame rang ihre schmalen Hände ineinander. Immer war Harriet von diesen Händen fasziniert gewesen. Die Finger, schmal und lang mit einer ebenso zarten Handfläche.

„Sehen Sie, es ist so", setzte Mrs Fairfax wieder an: „In der Halle steht ein Mann."

„Wir haben einen Gast?", fragte Harriet verwundert. Sie zog ihre Hand von dem Hund zu ihren Füßen zurück, was dieser mit einem Knurren quittierte. Er schien den Ankömmling jetzt schon nicht zu mögen, weil er ihm seine Streicheleinheiten verdarb.

„Ich weiß nicht, ich würde ihn nicht wirklich einen Gast nennen." Die Hausdame sah verunsichert über ihre Schulter.

Dann musste es ein Bote sein, dachte Harriet und schnellte von ihrem Sitz hoch.

Es musste ein Überbringer von schlechten Nachrichten sein. Ein kalter Schauer lief über ihren Rücken.

Ihrem Vater war etwas zugestoßen. Man hatte jemand geschickt, um ihr die schlechte Botschaft zu übermitteln. Sie schluckte. Ihre Kehle fühlte sich mit einem Mal trocken an.

Wortlos ging sie an der Hausdame vorbei, die sie betreten ansah. Auch der Blick von Becky lag auf ihr.

Harriet ging durch die Tür des Salons in die große, dunkle Eingangshalle. Das Einzige, was zu hören war, war das Rascheln ihres Kleides und ihre Schritte, die unwirklich von den Wänden widerhallten.

Tief in sich wusste sie, dass dies ein Moment sein würde, der sich in ihre Erinnerung brennen würde. Unvergesslich. Selbst in vielen Jahren würde sie diesen Moment immer noch glasklar vor ihrem inneren Auge sehen.

Sie konnte den Duft der feuchten Erde riechen, der durch die offen stehende Eingangstür in das Haus drang.

Ein Mann befand sich in der Nähe der Tür. Er stand mit dem Rücken zu ihr. Was sie beeindruckend besah, waren die breiten Schultern des Mannes. Sein Kopf war leicht geneigt, so dass sie sein Gesicht nicht ausmachen konnte.

Harriet blieb stehen und legte ihre Hände ineinander.

„Sie wünschen?"

Fast als wenn sie ihn bei irgendetwas störte, sah er sie über seine Schulter an.

Dann drehte er sich zu ihr herum. Harriet war empört. Sie konnte sich nicht erinnern, in ihrem Leben so herablassend angesehen worden zu sein.

Er legte seinen Kopf etwas in den Nacken und ließ seinen Blick über sie herabgleiten wie bei einer Zuchtstute auf einem Viehmarkt.

In Erwartung einer schlechten Nachricht hämmerte ihr Herz in ihrer Brust.

„Sie wünschen?“, wiederholte sie mit fester Stimme.

Der Mann stand weiter da.

Schweigend.

Nur mit diesem anzüglichen Lächeln auf den Lippen. Sie hatte plötzlich Lust, ihn hinauswerfen zu lassen.

Sie ging einen Schritt auf ihn zu und taxierte ihn. In seinem Gesicht trug er einen Vollbart, den sie nur grässlich fand. Wahrscheinlich war er jemand, der viele Jahre im Ausland verbracht hatte.

Er trug eine dunkle Anzugjacke, die an den Schultern feucht von dem Regen war. Sie fragte sich, ob er einen Hut getragen hatte, denn seine dunklen Haare waren nicht durch den Regen nass geworden.

Seine Beine waren schlank und steckten in weißen Hosen und dunklen Stiefeln. Im Gegensatz zu seinen Sachen machte sein Benehmen nicht den Eindruck eines Gentlemans.

„Verraten Sie mir nun den Grund Ihres Kommens oder muss ich Sie hinauswerfen lassen?“

Sein Grinsen wurde noch breiter. Harriets Furcht wich Ärger über dieses ungebührliche Verhalten.

„Sie irren, Miss.“ Seine Stimme war tief und kraftvoll.

Sie blinzelte kurz. Was meinte er? Seine Worte ergaben für sie keinen Sinn. „Was wollen Sie sagen?“

„Sie können mich nicht hinauswerfen.“ Er kam auf sie zu und blieb dicht vor ihr stehen. Immer noch mit diesem breiten Grinsen.

Das leise Prasseln des Regens war wie eine seltsame Untermalung der Szene.

Sie konnte den herben Duft von Zedernholz und Tabak riechen, der von ihm zu ihr herüberwehte.

Harriet bemühte sich, sich zu fassen. Sie stemmte ihre Hände in ihre Taille.

„Ich kann und ich werde Sie hinauswerfen lassen."

Sein Grinsen wurde zu einem kehligen Lachen.

„Sie irren schon wieder."

„Dies ist meines Vaters Haus", fuhr sie ihn an.

Sein Lachen verschwand aus seinem Gesicht, und er wurde ernst.

„Sie irren sich. Dieses Haus ist mein Haus!"

***

Über die Autorin:

Beryl Brighton ist eine deutsche Autorin, die 1985 das Licht der Welt erblickte.

Schon im Kindesalter begann sie ihre ersten Geschichten zu schreiben. Die Freude am Schreiben begleitet Beryl auch im Erwachsenenalter und zusammen mit ihrer Liebe zu Büchern, brachte es sie zu einem Studium der Geschichts- und Literaturwissenschaften, wo sie sich eingehend mit dem Stoff, aus dem Leserträume bestehen, beschäftigte.

Wer an Romantik und große Gefühle glaubt, wird bei ihr genau das Richtige finden, denn das sind die Grundbestandteile jedes ihrer Romane. Ihr Anliegen ist es mit ihren romantisch-spannenden Geschichten den Lesenden zu verzaubern und einige Stunden seines Alltages zu versüßen.

Lass dich von Beryl Brighton in eine Welt der Liebe entführen, in der es *immer* ein Happy End gibt.

Weiterer Roman von Beryl Brighton:

Historische Romane:

- Die Lady und der Spionjäger – Dark Secret Lords 1
- Die Everrigh Schwestern 1-3
- Ein Ball mit dem Earl – Lords of Second Chance 1
- Eine Nacht mit dem Duke – Lords of Second Chance 2
- Die Gekaufte Braut des Marquess – Lords of Second Chance 3
- Die Rache des Lord Gamble – Lords of Second Chance 4
- Verliebt in den vergessenen Lord - Lords of Second Chance 5
- Die Entführte des Lords –The Scandalous Lords 1
- Das Geheimnis des verführerischen Marquess– The Scandalous Lords 2

Moderne Liebesromane:

- The Irish Doctor's Love
- Boat Trip to Love
- A Forbidden Desert Love
- Every Risk I Take

Weitere Bücher der Autorin:

Eine Nacht mit dem Duke:

Lords of Second Chance 2

Sie, die Tochter eines verarmten Barons. Er, ein verwitweter Duke, dessen Familie keine neue Frau an seiner Seite duldet. Hat ihre zarte Liebe eine Chance?

Aiden Upton, Duke of Kingsmoor, ist seit vielen Jahren verwitwet und alleinstehend. Sein Lebensinhalt sind seine Tochter Gabriel und seine Orchideen-Sammlung. Alles ändert sich, als seine Tochter Gabriel Miss Fleur Barrington den Sommer über in das Herrenhaus einlädt.

Fleur ist die Tochter eines verarmten Barons. Nach dem Unfalltod ihrer Eltern lebt sie bei Verwandten, die sie als bessere Hausangestellte behandeln. Umso lieber nimmt sie die Einladung ins Haus Upton an.

Als Aiden und Fleur aufeinandertreffen, ist schnell klar, dass sie mehr füreinander empfinden. Aber ihre Liebe steht unter keinem guten Stern. Denn da gibt es Aidens Bruder, Lord Humphrey, der ihn lieber heute als morgen beerben würde; und auch seine Tochter Gabriel, die bisher noch jede Frau, für die sich Aiden interessierte, vergrault hat. Als dann auch noch ein gut aussehender Schauspieler die Bühne betritt, der den Londoner Misses den Kopf verdreht, ist das Chaos perfekt.

Fleurs und Aidens Liebe steht vor einigen Hindernissen. Kann die Magie des Theaters ihrer Liebe zum Sieg verhelfen und Aidens Familie davor bewahren, auseinanderzubrechen?

Erhältlich als E-Book und Paperback

Entführte des Lords

The Scandalous Lords 1

Sie: auf der Flucht vor einem aufgezwungenen Verlobten. Er: Ein Baron und Gentleman, der seiner Geliebten, einer Operndiva, ein amouröses Abenteuer bescheren will. Sein Plan einer fingierten Entführung geht aber mächtig nach hinten los, denn in seinem Bett liegt auf einmal die falsche Frau ...

Pearl Gilfords Vater hat einen Bräutigam für sie bestimmt. Zu ihrem Entsetzen ist ihr Zukünftiger kein Traumprinz, sondern der verruchteste Mann Londons. Sie fasst den wagemutigen Plan zu einer Verwandten zu fliehen. Auf der Flucht wird sie in eine Kutsche gezerrt. Als sie wieder zu sich kommt, ist alles noch schlimmer: Sie befindet sich im Schlafgemach eines ihr fremden Lords!

Baron Arthur Chesterby wollte ein paar sinnliche Tage mit seiner Geliebten verbringen. Umso bestürzter ist er, als er eine fremde Miss in seinem Bett vorfindet. Bevor er die Chance hat, den „Fehler“ wieder rückgängig zu machen, bricht schon die nächste Katastrophe über ihn herein: Sie sind eingeschneit und das auf unbestimmte Zeit!

Was als eine Begegnung wider Willen beginnt, entwickelt sich zu einer zarten Romanze zwischen den beiden. Doch da gibt es noch eine eifersüchtige Geliebte, einen schuldenbehafteten Vater und einen gehörnten Bräutigam, die ihnen ihr Liebesglück alles andere als gönnen

Für beide stellt sich nur eine Frage, als der Schnee schmilzt: Wie viel sind sie bereit für ihre Liebe zu riskieren?
Erhältlich als E-Book und Paperback.

Das Geheimnis des verführerischen Marquess

The Scandalous Lords 2

Liebe könnte so einfach sein, wenn nicht …

Miss Dorothy Milton ist hoffnungslos verliebt in den mysteriösen Poeten Angus Pattison, dessen Identität niemand zu kennen scheint. Doch sie ist nicht die Einzige, die ihr Herz an den Unbekannten verloren hat. Ihre beste Freundin Rebecca Forthesgue hat beschlossen, ihn zu finden und zu heiraten – mit Dorothys Hilfe!

Marquess Charles Forthesgue, der große Bruder von Rebecca, ist Angus Pattison. Als er sich in Dorothy verliebt, hat er eine Idee: Warum sie nicht für sich gewinnen durch Briefe durch Angus Pattison. Doch er ahnt nicht, was er damit anrichtet. Dorothy gerät in einen tiefen Konflikt zwischen ihrer Loyalität zu ihrer Freundin, ihrer Liebe zu Angus Pattison und ihren immer stärker werdenden Gefühlen für Charles.

Plötzlich muss Charles fürchten, was passiert, wenn jemand wirklich herausfindet, wer Angus Pattison ist.

„Das Geheimnis des verführerischen Marquess“ ist eine charmante Regency Liebeskomödie von Beryl Brighton. Tauchen Sie ein in eine federleichte Geschichte um die Irrungen und Wirrungen des Glücks und der ganz großen Liebe.

Printed in Poland
by Amazon Fulfillment
Poland Sp. z o.o., Wrocław

31120926R10141